族裔文学研究成果集

王晓利 冯洁 刘月秋 著

吉林大学出版社

长春

图书在版编目（CIP）数据

族裔文学研究成果集 / 王晓利，冯洁，刘月秋著
. -- 长春：吉林大学出版社，2020.8
ISBN 978-7-5692-6958-1

Ⅰ. ①族… Ⅱ. ①王… ②冯… ③刘… Ⅲ. ①世界文
学－文学研究－文集 Ⅳ. ①I106-53

中国版本图书馆 CIP 数据核字(2020)第 165620 号

书　　名　族裔文学研究成果集
　　　　　　ZUYI WENXUE Y ANJIU CHENGGUOJI

作　　者　王晓利　冯洁　刘月秋　著
策划编辑　吴亚杰
责任编辑　吴亚杰
责任校对　殷丽爽
装帧设计　王　茜
出版发行　吉林大学出版社
社　　址　长春市人民大街 4059 号
邮政编码　130021
发行电话　0431-89580028/29/21
网　　址　http://www.jlup.com.cn
电子邮箱　jdcbs@jlu.edu.cn
印　　刷　香河县宏润印刷有限公司
开　　本　787 毫米×1092 毫米　1/16
印　　张　9.5
字　　数　170 千字
版　　次　2021 年 7 月　第 1 版
印　　次　2021 年 7 月　第 1 次
书　　号　ISBN 978-7-5692-6958-1
定　　价　65.00 元

前　　言

　　内蒙古工业大学欧洲文化研究中心成立于 2009 年,是--个以欧洲主要国家的历史、社会、文化、文学、对外关系及与中国的跨文化比较为主要研究领域的学术性机构。中心隶属于内蒙古工业大学,以内蒙古工业大学外国语学院为依托,自成立之日起至今已完成了多项科学研究成果。近年来,中心在负责人王晓利博士的带领下,在外国文学研究方面,逐步形成了几个明确的方向,族裔文学研究就是其中之一。族裔文学是目前国内外学者关注度较高的一个文学领域,主要研究世界各国少数族裔的文学创作。从历史上各国开始移民到今天这个全球化时代,少数族裔创作的文学作品在人类文明长河中有着重要且特殊的存在意义,因此研究族裔文学有助于我们更好地理解我们自身以及我们所处的外部环境,具有很高的学术及社会价值。目前国外学者对于非裔文学关注度较高,其次是欧裔和亚裔文学",而国内学者除非裔文学外,对亚裔文学,尤其是华裔文学关注度较高。研究者们主要从新历史主义、叙事学、后殖民理论、多元文化主义、国际化、伦理、记忆、创伤、精神分析和后现代主义等视角进行研究,呈研究文本越来越多、研究视角逐渐多样化的发展趋势。

　　中心部分成员近年也一直从事相关研究,并且培养了一批族裔文学研究的硕士研究生。现将中心阶段性族裔文学研究成果进行收集,以鼓励中心成员更好地完善自我研究方向,同时也为学生提供学习和科研的资料。本论文集也是中心负责人王晓利的自治区哲学社会科学规划课题《诺贝尔奖得主石黑一雄作品中的创伤主题研究》(批准号:2018NDB081)的阶段成果。王晓利博士自 2011 年留学归国以来,一直关注国外的少数族裔文学,如英籍日裔作家石黑一雄、美籍日裔女作家朱莉·大冢、美籍阿富汗裔作家卡勒德·胡赛尼和美籍非裔女作家格罗利亚·内勒等的创作。另外还关注蒙古族史诗与外国文学作品的比较研究等。目前为止以通讯作者的身份,与研究生共同发表了 6 篇相关论文,另外指导了 9 篇族裔文学研究硕士毕业论文。冯洁副教授主要从事英国文学及文学理论批评等研究,近年对英籍南非裔作家约翰·马克斯韦尔·库切进行了一定的研究,主持一项校级重点研究课题,并且已发表了 4 篇相关论文,另外还指导了 2 篇美国黑人女作家研究硕士毕业论文。刘月秋副教授近几年一直从事澳大利亚文学研究,特别是澳大利亚土著文学,主持一项校级重点研究课题,已发表了 3 篇相关论文,并在继续研究。王智音教授近年也对族裔文学进行了部分研究,主要关注少数民族女性文学和英国犹太裔作家索尔·贝娄的研究,已发表了 3 篇论文,指导一篇族裔文学研究硕士毕业论文。刘天玮老师近几年主要从事加拿大籍斯里兰卡裔作家迈克尔·翁达杰的研究以及加拿大籍华裔作家的作品研究,丰富了中心的族裔文学研究内容,目前已发表 5 篇论文。付凤菊老师近年也对族裔文学研究产生了兴趣,目前主持一项校级关于美籍华裔作家谭恩美的研究课题,并且发表了一篇文章。

在每个成员的努力与配合下,我中心已逐步形成了较稳定与完善的族裔文学研究方向,在接下来的研究中,继续保持坚强的意志信念、严谨的学术态度、大胆的创新精神,在推动研究向纵深发展的同时不断扩展研究领域,产出高质量的研究成果。

欧洲文化研究中心

2020 年 7 月

目　录

附录　指导硕士研究生族裔文学研究毕业论文成果

从文学伦理学批评视角解读《追风筝的人》

张海燕，王晓利

（内蒙古工业大学 外国语学院，内蒙古呼和浩特 010080）

摘要：《追风筝的人》是阿富汗裔美籍作家卡勒德·胡塞尼的首部英文作品，也是影响美国现代文学的一部长篇小说。小说主要以主人公阿米尔的个人成长经历为线索，讲述了他背叛与救赎的故事。本文从文学伦理学批评角度，即从民族伦理、宗教伦理和家庭伦理三个伦理视角来解读阿米尔的背叛。从历史角度对阿米尔的背叛做出公正合理的评价，从而让读者了解和认识阿富汗这个国家特殊的普什图民族和哈扎拉民族之间的民族伦理，逊尼派和什叶派之间的宗教伦理及国家的多灾多难导致家庭成员之间畸形的家庭伦理。

关键词：文学伦理学批评；追风筝的人；民族伦理；宗教伦理；家庭伦理

引 言

卡勒德·胡塞尼（Khaled Hosseini 1965—）是一位阿富汗裔美籍作家，他的首部英文小说《追风筝的人》一经出版，就受到许多媒体和批评家的青睐，被翻译成40多种文字，而且由该小说改编的剧本在"梦工厂"搬上银幕后，震撼了千千万万的观众。《追风筝的人》讲述的是普什图族的富家公子阿米尔的成长故事，在他的成长过程中，对和他一起长大的哈扎拉族仆人哈桑的背叛和心灵的救赎使他不断从一个无辜、懦弱、让爸爸失望的小男孩成长为一个成熟、独立且勇敢的男人。

文学伦理学批评首次由聂珍钊教授于 2004 年 6 月提出，引起了学者们广泛的关注。在此之后，聂珍钊教授不断撰文，逐渐建构和完善这一古老而现代的批评方法。它的提出不仅为我国文学批评增添一种新的批评方法而且还打破了我国长期一直以来在文学批评上的失语状态,在西方文学批评中也逐渐加入了中国人的声音。聂珍钊教授认为,"文学伦理学批评是一种文学批评方法,主要用于从伦理的立场解读、分析和阐释文学作品、研究作家以及与文学有关的问题。文学伦理学批评强调回到历史的伦理现场,站在当时的伦理立场上解读和阐释文学作品,寻找文学产生的客观伦理原因并解释其何以成立,分析作品中导致社会事件和影响人物命运的伦理因素,用伦理的观点对事件、人物、文学问题等给以解释,并从历史的角度做出道德评价。"[1]诚如武松打虎,依照现在的道德标准和法律规定,他不仅不是打虎英雄反而还是迫害国家一级保护动物的违法者。从客观的历史唯物主义来看文学伦理学批评需要批评者站在当时的理论现场上来解读文学文本,那么从伦理批评角度,该如何定位文学伦理学批评? 正如修建树和刘建军教授的文章说道,"文学伦理学批评应该反映文本中人与人之间伦理关系的演变过程;应揭示出人与人之间的理论关系的变化是如何体现了社会的变迁。"[2]文学伦理学批评着重揭示人与人之间各种关系的演变,例如人从自然人到社会人和文化人的演变,这其中必然存在很多关系结构,如民族关系、宗教关系和家庭关系;而且这些关系结构也会随之发生相应的变化,因此,需要我们也用相应发展变化的伦理概念进行评说。下文将以《追风筝的人》为例,从文学伦理学批评角度,即从民族伦理、宗教伦理和家庭伦理三个伦理视角来解读阿米尔的背叛和救赎。

一、民族伦理

阿富汗是个多民族聚居的国家,共同生活在这个国家中必然会发生相应的民族关系,久而久之,也会产生相应的民族间的矛盾和冲突,《追风筝的人》中主要展现了普什图民族和哈扎拉民族的民族关系,以及他们之间的矛盾和冲突,故需要用相应的民族伦理来看待阿米尔的背叛。

作为阿富汗人口最多的民族,普什图民族在阿富汗的政治、经济、社会、文化和宗教中都居于统治地位,而且普什图民族的语言普什图语为阿富汗的国语。历史上,"普什图人曾在现阿富汗和印度半岛建立过强大的国家,而且统治印度大约两个世纪之久,它有着灿烂且悠久的历史文化。"[3]但是由于政治、历史、地理、宗教等方面的原因,普什图人还没完全由部落国家转变成现代国家,依旧保留着传统的部落准则和等级制度。与之相反,哈扎拉民族则是阿富汗的一个少数名族,在阿富汗的政治、经济、文化、宗教中都居于被统治、被领导的地位。经过历史的沉淀,使得这种民族等级观念意识深入人心,仿佛理所应当,普什图族的阿米尔和他的父亲天生就是上等人，而哈扎拉族的哈桑和他的父亲阿里天生便是下等人。这种民族不平等的主仆关系体现在阿米尔的爸爸和哈桑的爸爸两个成年人身上，哈桑的爸爸阿里明知哈桑是主人和自己妻子所生的孩子，心甘情愿为主人戴绿帽子，而且还毫无怨言地承担起了抚养哈桑的重任，只因为阿里是哈扎拉人。这种民族不平等的主仆关系还在哈桑和阿米尔两个同龄天真的孩子身上体现得淋漓尽致，哈桑开口说话的第一个词是"阿米尔"；虽然阿米尔和哈桑都是"父亲"的孩子，天生聪明，但是由于名义上哈桑是阿里的孩子，是下等人的孩子，所以被剥夺了受教育的权利，"注定要成为文盲——毕竟，仆人要读书识字干嘛呢"。[4]在哈桑幼小的心里，这种民族等级观念已经生根发芽，同样在阿米尔的心里也是如此，阿米尔与生俱来的优越性，理所应当地认为哈桑就是他的仆人，理应处处为他考虑，为了少爷的利益应该牺牲自己。哈桑也确实做到了，为了使阿米尔获得最高荣誉，哈桑奋不顾身帮助阿米尔追风筝，为了保住风筝，他宁愿选择牺牲自己来实现少爷的愿望；然而目睹一切的阿米尔，为了最高的荣誉，他却放弃了救助哈桑，选择逃跑；之后为了掩盖自己良心的谴责，污蔑哈桑偷钱和手表，把哈桑一家赶出了家门，面对阿米尔的污蔑，哈桑和他的父亲选择默默忍受，只因为他们是哈扎拉族人。在阿米尔的一段内心独白中，阿米尔灵魂深处认为哈桑就是他的仆人，理应成为他的替罪羊，"说真的，我宁愿相信自己是出于软弱，因为另外的答案，我逃跑的真正原因，是觉得阿瑟夫说对的：这个世界没有什么是免费的。为了赢回爸爸，也许哈桑只是必须付出的代价，是我必须宰割的羔羊。这是个公平的代价吗？我还来不及抑止，答案就从意识中冒出来：它只是个哈扎拉人，不是吗？。"[4]

当时普什图人统治的阿富汗还是半部落半现代的国家，身处统治和被统治的两个民族的阿米尔和哈桑是不可能存在真正平等的地位，只能存在这种民族不平等的主仆关系。这种扎根于阿富汗少年心灵深处的民族等级关系导致了阿米尔的背叛。还原到主人公生活的历史现场，站在当时的民族伦理立场来看阿米尔的背叛，是符合当时的历史现状和道德标准的。这也从另外一个层面体现了阿富汗国内统治民族和被统治民族之间隐藏着深刻的矛盾和冲突。

二、宗教伦理

由于阿富汗是个多民族聚居的国家，不同的民族必然导致他们拥有各自不同的宗教信仰；共同生活在阿富汗，由于在教义、仪式等方面的差异产生的分歧和斗争，必然会导致不同教派间的冲突。本部小说中主要展现了逊尼派和什叶派的宗教关系，因此，需要通过特殊的宗教伦理来解释阿米尔的背叛。

阿富汗是一个多宗教信仰派别的国家,大部分的居民信仰伊斯兰教,伊斯兰教派主要分为逊尼派和什叶派,"其中 90％为逊尼派,仅有 10％为什叶派;逊尼派为伊斯兰教中最大的派别,因此自称是伊斯兰教的正统派。"[3]因此,逊尼派在阿富汗的政治、经济、社会、文化和宗教中起着主导作用。普什图人是虔诚的逊尼派信徒,也是阿富汗人口最多的民族,因此,从宗教层面,普什图人又在阿富汗政治、经济、社会、文化和宗教中居于统治地位;哈扎拉人恰恰是虔诚的什叶派信徒,在宗教层面,又是处于被统治的地位。这样就使得阿富汗的宗教关系影响和统治着社会阶层关系,使得它们相互交织在一起,影响着阿富汗的各方面。通常逊尼派的普什图人居于阿富汗的中上层阶级,什叶派的哈扎拉人则居于下层阶级。当阿米尔在他爸爸书房翻阅母亲留下的旧历史书时,无意中看到整整一章关于哈扎拉人的介绍,"普什图人曾经迫害和剥削哈扎拉人。它提到 19 世纪时,哈扎拉人曾试图反抗普什图人,但普什图人'以罄竹难书的暴行镇压了他们。书中说我的族人对哈扎拉人妄加杀戮,迫使他们背乡离井,烧焚他们的家园,贩售他们的女人。书中认为,普什图人压迫哈扎拉人的原因,部分是由于前者是逊尼派穆斯林,而后者是什叶派。"[4]在当时的阿富汗,一个信仰伊斯兰教的部族社会,哈桑和他父亲阿里似乎也接受了伊斯兰教的价值观、教义和习俗,潜移默化地形成了阿富汗特殊的宗教和等级阶层,默默接受来自不同民族的迫害,接受与生俱来的下等地位,不敢越雷池一步。从宗教层面,信仰逊尼派阿米尔和他爸爸注定是家里的主人,信仰什叶派的哈桑和他爸爸阿里注定是忠实且任劳任怨的仆人,无论如何,他们也不可能有平等的地位,更不可能成为真正的朋友,从而使得阿米尔认为背叛哈桑理所应当。"哈桑跟我喝过同样的乳汁。我们在同一个院子里的同一块草坪上迈出第一步。还有,在同一个屋顶下,我们说出第一个字。"[4]"奇怪的是,我也从来没有认为我与哈桑是朋友。无论如何,不是一般意义上的朋友。"[4]因为"历史不会轻易改变,宗教也是。最终,阿米尔是普什图人,哈桑是哈扎拉人,逊尼派,什叶派,没有什么可以改变的。"[4]

在阿富汗这样的宗教信仰背景下,逊尼派和什叶派长期在教义和仪式等方面分歧和斗争,最终形成逊尼派和什叶派的宗教等级,这种潜移默化形成的宗教等级观念在阿米尔和哈桑的心灵深处产生了一道鸿沟,阿米尔和哈桑永远都不可能跨越心灵的鸿沟,成为真正的朋友,所以阿米尔和哈桑几乎不可能成为真正意义上的朋友,哈桑只能是阿米尔的一个玩伴,一个仆人而已因此,站在当时的宗教伦理立场,阿米尔对哈桑的背叛是符合当时的宗教观念的。从另一个层面也体现了阿富汗正统派和异教派之间内在差异和斗争。

三、家庭伦理

作为一个国家和一个社会最小的单位,家庭是国家和社会的缩影。阿富汗是个多灾多难的国家,家庭的不完整及破裂性导致了家庭成员之间畸形的关系,该部小说主要讲述了阿米尔家中不健全的父子关系,所以,需要运用特定的家庭伦理来阐释阿米尔的背叛。

在一个家庭中,孩子既需要有父亲的关爱而且还需要有母亲的慈爱,这样才会形成健康且完整的家庭关系,然而对于阿米尔来说,母亲的难产而死,不仅使得整个家庭不完整,缺少母亲的慈爱而且父亲也一直认为是阿米尔的到来夺走了他的公主,"Because the truth of it was, I always felt like Baba hated me a little. And why not? After all, I had killed his beloved wife, his beautiful princess, hadn't I?"[5]阿米尔的这一心理独白,道出了他和父亲之间扭曲的父子关系。再加上父亲一直对哈桑非常关心甚至有的时候都超过了对阿米尔的关心。他父亲甚至怀疑阿米尔是否是他亲生的,偶尔一次阿米尔听到父亲和拉辛汗的对话,"If I hadn't seen the doctor pull him out of my wife with my own eyes, I'd never believe he's my son."[5]对一个小孩子来说,他希望爸爸只属于他一个人,给予他全部的父爱,内心对哈桑分走爸爸一部分的父爱充满了羡慕和嫉妒,甚至会有一些恨意"有一次爸爸打算带我去喀尔卡湖,他让我叫上哈桑,我撒谎哈桑有事情要做。"[4]阿米尔不希望爸爸的父爱被哈桑分去,也怕哈桑夺去只属于他自己的父爱。

为了赢得父亲的肯定和赞许,阿米尔觉得哈桑付出一些代价是应该的,也是可以的,毕竟哈桑夺走了属于他一个人的父爱。这种不完整的父爱,缺少母亲的慈爱及对哈桑的羡慕和嫉妒,从家庭伦理层面,使得阿米尔认为对哈桑的背叛是可以理解的。

四、结语

从特定的文学伦理学批评视角,即从民族伦理、宗教伦理和家庭伦理来解读《追风筝的人》,可以从历史角度对阿米尔的背叛做出公正合理的道德评价。还原到阿富汗当时的民族歧视来看,阿米尔对哈桑的背叛是合乎情理的;还原到阿富汗当时的宗教冲突,从潜移默化的宗教等级关系来看,阿米尔对哈桑的背叛是可以被理解的;为了赢得父亲的肯定和赞许,渴望得到全部的父爱,对于一个不知道如何处理这些复杂的伦理关系的阿米尔来说,对哈桑的背叛是可以被原谅的。同时该部小说也向读者们还原了一个真实的阿富汗,让读者可以更好地了解和认识阿富汗真实的社会、政治、宗教的历史变迁。

作者简介：

张海燕，内蒙古工业大学外国语学院 2012 级硕士研究生，英语语言文学方向。

王晓利，内蒙古工业大学外国语学院副教授，硕士生导师。比较文化学专业英语语言文学方向。通讯作者。

参考文献：

[1]聂珍钊.文学伦理学批评:基本理论与术语[J].外国文学研究,2010,(1):12－22.

[2]修建树,刘建军.文学伦理学批评的现状和走向[J].外国文学研究,2008,(4):164－170.

[3]傅小强.《中国周边民族宗教概况》专题之六——阿富汗民族宗教概况[J].国际资料信息,2002,(12):19－25.

[4]卡勒德·胡塞尼.追风筝的人[M].李继宏,译.上海:上海人民出版社,2006.

[5]Khaled Hosseini. The kite runner[M]. New York：Riverhead Trade,2003.

析美国黑人女作家格罗利亚·内勒笔下的七位黑人女性形象

刘　爽　王晓利

（内蒙古工业大学 外国语学院，内蒙古呼和浩特 010080）

摘要：《布鲁斯特街区的女人们》是 20 世纪著名美国非裔女作家格罗利亚·内勒的代表作。小说分析了七位非裔女性探索女性权利之路的过程，为女性主义的发展做出了贡献。根据人物的行为和思想，书中人物可分为两种：传统女性和激进女性。本书告诉我们，在激进女性的带领下和传统女性的觉醒中，只有女性同胞团结起来，互帮互助，才能使女性权利更好地实现，才能使广大女性享有与男性平等的权利。

关键词：女性主义　压迫　觉醒

格罗利亚·内勒生于 19 世纪 50 年代，是当代美国非裔文学领域最杰出的女作家之一。她的小说描述了 20 世纪七八十年代美国北方非裔女性的生活。她探索和实验性地描述了非裔女性的命运，其最终目的是实现非裔女性的独立与解放。她的小说《布鲁斯特街区的女人们》讲述了七个非裔美国女性的动人故事，虽然她们的生活背景和年龄各不相同，但是她们都要面对痛苦和悲惨的生活。小说也展示了她们在实现妇女权利之路上所做的不同选择。在传统的黑人文化中，男人和女人生来就不平等，男人和家庭被看作女人生活中最重要的部分，而女人的职责就是繁衍后代。无论在家庭还是在社会中，女性几乎没有话语权。根据她们的观念和行动，这七位女性可以被分为两类：传统女性和激进女性。传统女性主要遵循传统，而激进女性则主要反对传统。面对生活中的困难，七位女性开始了争取女性权利的历程。其中一些人开始关心女性自身在家庭中的地位、工作以及受教育等权利。

一、传统女性的典型特征

在小说中,传统女性包括玛蒂、埃塔、卢西莉亚和科拉,她们都有一个典型的特点:顺从。受种族歧视的影响,黑人一直处于劣势地位,而黑人女性又受到父权制的影响,地位更为低下。"黑人女性不仅受白人的压迫,而且还受黑人男性的压迫,因此她们的生活显得异常艰难。"在这种压迫之下,传统女性更多地选择了妥协,并按照男性的规则和意愿做事,而且在家庭中丧失了话语权。

玛蒂是一个很听话的女孩,首先,深受父权制的影响,她总是遵照父亲制定的规矩做事。父亲的话时时刻刻萦绕在她耳边,影响着她的一言一行。父亲想在各方面保护她,特别是保护她免受男性的伤害,但过分的保护使得玛蒂缺乏自我保护意识和识别异性好坏的能力。其次,由于好奇心和天真,玛蒂被甜言蜜语所迷惑,她经常服从他人的意愿,习惯了听从和被指挥,这使她很难有自己的选择,而且也不会拒绝别人。因此她才会那么容易跟随布奇,并采纳他的建议。

埃塔想依赖一个好男人,并从男人身上得到真爱和幸福。在她眼里,男人是一切。而在男人眼中,她一文不值,只是性爱的机器,但她没有意识到这一点,多次受到男性的伤害。伴随着这种男女的不平等,埃塔显得格外无助。她也没有意识到经济独立的重要性,认为靠自己不能做任何事,必须依靠一个男人,这是导致她悲惨生活的一个重要原因。

卢西莉亚是个温顺的女人,被丈夫抛弃却没有反抗,而是选择默默忍受并独自承担生活的重担。她是顺从的,也是无助的。她总是听从于丈夫,因为她认为女性只是男性的附属品,而男性才是家庭的中心。这是造成她悲剧的真正原因。

科拉也像繁殖机器一样,只知道生孩子。她从不关心孩子的父亲是谁,可以接受随时随地被遗弃的现实,也没有意识到男女之间的不平等给她带来的苦难。她没有生活经验,更没有意识到常常被男人欺骗这一问题,而且也不知道该如何抚养孩子。

二、传统女性权利意识的觉醒

来自传统黑人女性之间的尊重、关怀和爱,是人文主义精神的重要体现。她们提倡人与人之间要相互理解、鼓励和宽容,并且由于受到社会地位和背景的影响,他们更关注集体力量。在母性力量的帮助下,传统黑人女性开始争取自己的权利,这体现了女性权利意识的觉醒。在种族和性别歧视的压迫下,黑人女性由于姐妹情谊而团结起来,共同维护和争取自己的利益。

　　玛蒂明白人生是短暂的,并且受到各方面环境的制约,但她想在这短暂的一生中有所作为。在家庭中,玛蒂具有责任感,勇于承担责任。她不愿看到布奇进监狱,因此拒绝对父亲说出真相。这表明她愿意对自己的事情负责,想像男人一样承担家庭的重担,也体现了她强大的女性力量。在集体中,她想成为一个有用的人,一个可以实现梦想与价值的人,因此总会在其他女性无助的时候,伸出援助之手,这体现了女性之间的友谊。

　　当同性恋者洛林和特丽萨被别人指责时,玛蒂挺身而出:"嗯,我也爱女人。我爱伊娃小姐和西埃尔……我也爱你……但比起任何男人我更爱一些女人……而且还有一些女人更爱我胜过任何男人。"这不仅显现出玛蒂的博爱与宽容,更体现了其男女平等的思想观念。她认为在任何领域男人和女人都是平等的,拥有平等的彼此相爱的权利。玛蒂意识到这一点,并把这种思想告知身边的人。这恰与后现代女性主义理论相关联,法国后现代主义思想家维蒂格认为女性是由社会决定的,她们不是生来就是女性。在她看来,需要超越男女平等的自由女性主义理想,以及超越激进女性主义"女上位"的思想,从而形成只有"人"而不是"男人"和"女人"的新社会。从这个角度来看,性别差异不是生来就有的,而是后天受社会的影响而形成的,所以不应过分区分男人和女人之间的差别,尤其在权利方面,他们是平等的。因此,社会应该是由人组成,而不应分为男人和女人。在爱这方面也不应该过分区分男女的差别,同性之爱和异性之爱一样,同样需要保护,女人不仅拥有爱男人的权利,同样拥有爱女人的权利。

　　埃塔因不堪忍受折磨,离开了西米恩。这与《简爱》中的一段描写有着惊人的相似:"我不是鸟儿,也没有落进罗网。我是个自由自在的人,有我的独立意志,我现在就运用它决心要离开你。"《简爱》表达了女主人公追求女性自由和独立的愿望,而埃塔的离开也表达了她对自由和独立的向往,这表明她已经具有一定的维权意识,开始关心自己的权利。虽然历经不幸,但她都在为实现自己的梦想努力着。最后,在玛蒂的鼓励和帮助下,埃塔重获希望,从充满希望的音乐中获得面对生活的勇气。

　　科拉在金斯瓦纳的帮助下,看到了生活的希望,在家庭中找到了正确的位置,而且意识到了生命的意义,从而想要实现自己的价值,所以开始像其他母亲一样做些有益于家庭的事情,开始承担家庭重担,关心孩子的未来。最后正是在她的建议下,人们拆除了这个街区的死墙,这表现出她改善女性生活状况的愿望以及女性权利意识的觉醒。

　　这些女性由于对男性的顺从而付出了巨大的代价,这种顺从使她们过着悲惨的生活,也损害了她们的权利,同时阻碍了女性主义的发展。然而,伴随着母性力量的光辉,女性的权利意识正在逐渐觉醒,她们不仅关注女性的地位与价值,而且试图通过自己的努力来改善所处的生活环境,不再选择逆来顺受,而开始积极主动地去面对生活。

三、激进女性的反抗意识

在小说中,金斯瓦纳、洛林和特丽萨是激进女性的代表,是内勒塑造的反对婚姻制度和传统女性标准的叛逆形象。由于违反常规,她们受到严厉谴责,尤其是洛林和特丽萨,其同性生活的激进行为备受指责。金斯瓦纳为了证明自己是黑人而更改姓名,为了更好地为黑人服务而搬到黑人聚集区居住,她的这些行为不被人理解,而且受到质疑。金斯瓦纳可以被看作是女性权利的革命者。面对白人和黑人男性的压迫,她没有逃避,而是选择勇敢面对,用自己的行动反对压迫。她鼓励科拉去看黑人创作的《仲夏夜之梦》,激发了科拉对生活的希望。在她的帮助下,科拉知道了生命的意义,而且开始享受生活。她还帮助这个街区的人们争取权利,尤其是争取女性的权利。"好朋友为什么不能在一起,人们应该管好自己的事情。"这表明她理解洛林和特丽萨,并试图保护她们的权利。金斯瓦纳没有像父母一样遵守规则,而是做自己想做的事。她是独立的,也是自由的。她为黑人权利而奔波,这也体现了黑人女性想要参与政治生活的迫切愿望。

为了更好地生活,洛林和特丽萨选择同性生活。当时很多人无法理解她们的这种行为,包括她们的家人。波伏娃所著的《第二性》中曾提道:"同性恋不是不好的或放纵的,而是女性选择的生活态度。这种选择受到很多主客观因素的影响,比如说社会环境和心理问题。同性恋也是解决她们所处情况的方法,尤其是她们的性状况。"正如波伏娃所言,选择这种生活方式存在一些原因。当时的女性是弱势群体,主要受男性控制。许多女性都曾被男性伤害过,为了摆脱男性的控制,避免受到伤害,有些女性会选择另一种方式来保护自己,比如同性生活。"激进女性主义者对女同性恋主义推崇备至,她们指出,女同性恋主义不仅仅是一种自由选择,它还是女性主义者最基本的政治实践。"从这个角度来看,洛林和特丽萨选择同性生活不仅是一种生活选择,而且是女性维权意识的体现。

四、激进女性的极端想法

金斯瓦纳、洛林和特丽萨的激进行为违反了传统规则,她们打破传统,争取自己的权利,这有利于女性的解放,然而在争取女性权利之路上,她们也存在一些极端想法,因此面临着一些困难。

金斯瓦纳是一个激进人物,她更关注黑人问题。她渴望为他们做一些有用的事。"至少我在日常中能接触我们黑人的问题。一直接受来自虚假和有威望的机构的白人头脑风暴,这样四五年后对我有什么好处呢,嗯?"她放弃了优越的生活,选择和黑人住在一起,这种牺牲精神是值得学习的,为黑人的权利而战也是正确的,但是,她不能以剥夺白人的合法权利为基础,她过分强调了黑人的权利,而忽视了黑人和白人之间的平等。

洛林和特丽萨选择与外界隔绝,特别是特丽萨不愿与他人进行交流,这是一种消极的生活态度,这使得她们脱离了现实生活,活在自己的世界中,放弃了作为社会成员的权利。面对困难的生活,她们通常选择逃避,这不利于她们的成长,也不利于对女性权利的维护。

激进女性有极大的勇气来反对父权制。比如金斯瓦纳离家出走,做自己认为正确的事;洛林和特丽萨为免受男人的规则束缚,而选择同性生活,打破了传统的家庭和婚姻观念。这些都是激进行为,有利于维护女性权利,但由于存在一些极端想法,她们在探索女性权利之路上会遇到一些阻碍。

五、结论

在维护女性权利之路上,存在着不同的选择。内勒为女性主义的实现提供了一种方法。对于传统女性来说,最好的方式是借助母性的力量唤起女性权利意识的觉醒;对于激进女性而言,通过激进想法的引导适当采取行动来争取她们的权利。女性主义的探索是一个漫长的过程,其间会遇到种种阻碍。随着传统女性权利意识的觉醒和激进女性反抗行动的实施,他们终将克服重重困难并享有与男性一样平等的权利。

作者简介：

刘爽,内蒙古工业大学外国语学院 2013 级硕士研究生,英语语言文学方向。

王晓利,内蒙古工业大学外国语学院副教授,硕士生导师。比较文化学专业英语语言文学方向。通讯作者。

参考文献：

[1]李苏.从双重意识和妇女主义角度解读格罗丽亚·内勒的布鲁斯特街小说中黑人的困境与生存[D].四川师范大学,2012.

［2］Gloria Naylor. The Women of Brewster Place［M］. America：R. R. Donnelley&Sons Company，1983.

［3］夏洛蒂·勃朗特. 简爱［M］. 吴钧燮译. 北京：人民文学出版社，1990.

［4］Beauvoire，Simone de. The Second Sex［M］. America：Vintage，1989.

［5］李维屏.英国文学批评史［M］.上海：上海外语教育出版社，2011.

解析《别让我走》中人物凯茜的心理创伤

刘　爽　王晓利

（内蒙古工业大学外国语学院，内蒙古呼和浩特 010080）

摘要：《别让我走》是一部科幻小说，讲述了克隆人的捐献历程。本文以创伤理论为基础，以小说的主人公凯茜为例，分析了小说人物经历的创伤问题。论文主要从创伤症状、产生创伤的原因、治疗创伤这三个方面入手，揭示出这部小说的创伤主题。通过对作品中人物的创伤性解读，意在指出克隆技术和社会权力机制的不足，从而引起社会对受创人群的广泛关注，并唤起大众对弱势群体的同情。

关键词：《别让我走》；石黑一雄；创伤

前　言

石黑一雄（Kazuo Ishiguro, 1954－），是一位日裔英国小说家，与鲁西迪、奈保尔并称为"英国文坛移民三雄"。其文风细腻优美，题材新颖别致，几乎每部作品都得到了专业文学领域的赞誉。其长篇小说《别让我走》（*Never Let Me Go*, 2005）一经出版，即获得各种好评。当年就获得英国布克奖和美国图书评家协会奖的提名，次年又获得美国亚历克斯奖和意大利塞罗诺文学奖小说奖。这部作品还被《环球邮报》、《时代》周刊、英国广播公司等多家媒体列入年度最佳图书。并于 2010 年改编成同名电影。小说讲述了克隆人的成长历程，透过这一过程，不难发现故事背后所隐含的人物心理创伤。

面临机遇与挑战并存的 21 世纪，"创伤"一词变得不再陌生。它不再单单涉及医学领域,已经渗透到人类学、哲学、历史学及文学等众多领域。从创伤理论的视角来审视文学作品,愈发受到关注。就目前国内外的研究现状来看,对《别让我走》的研究主要涉及叙事手法、身份问题、伦理思想、反乌托邦等方面,而对这部作品的创伤性解读研究较少,所以有一定的研究空间。笔者将以小说叙事者凯茜为例,来解读人物的创伤。美国学者凯西·卡鲁斯在《沉默的经验》一书中首次提及创伤理论,她认为"创伤描述了一种突发的或灾难性的事件所具有的压倒性经历,其中,对事件的反映往往以延迟的、无法控制的各种幻觉和其他干扰性现象的重复出现方式发生"。[1]因为创伤具有延迟性,因此很多人认为,"创伤的症状来源于创伤记忆而不是创伤事件本身"。[2]因此凯茜的回忆让我们真正了解了克隆人的心理创伤。焦虑、羞耻、恐惧、无助或身体疼痛等都会引发痛苦,造成心理创伤。透过这些症状可以发现受创原因,以更好地选择治疗创伤的办法。

一、创伤症状

1.身份的焦虑者

"身份的焦虑"[3]既是一种焦虑,也是心理创伤的一种表现形式,表现了人因自身身份与地位的不确定性而感到惶恐不安。《别让我走》中的主人公们都存在着一定的身份焦虑,这在克隆人身上体现得尤为突出。克隆人的成长历程,也是他们探寻身份的过程。我是谁?我从哪里来?我为什么要来?我将要做些什么?凯茜作为克隆人的代言人,不仅发出了克隆人的心声,而且还对身份进行了长期的探寻。年幼时,正常人对克隆人的态度,让凯茜焦虑不安:不仅让她"心底发寒"[4],而且会使她对自己产生厌恶感,认为自己"是一件令人烦心和陌生的东西"[4]。这时她真正意识到自己与看护人、夫人等人是不一样的,与他们有着不同的身份,这种特殊身份也给她带来了尴尬和困窘。等到十三岁后,凯茜开始了解自己的身份:我们的一生早已被规划好,不会像正常人那样工作、生孩子,被创造出来只是用于器官捐献。此时,面对捐献话题,她不再觉得窘迫,而是生发出一种阴郁与沉重之感。村社负责人凯弗兹对克隆人的厌恶感和陌生的环境,让凯茜感到恐惧困惑。随之而来的是对"原型"的探寻,她不断地翻看着杂志上的人物面容,希望能从中找到自己的"原型",从而洞察内心,预见未来。然而她的这一愿望,也被诺福克的探寻之旅打破了。这期间在凯茜的焦虑之感中略带一点失望。当最终得知,无论他们做出任何努力都不能改变捐献的事实,等待他们的是无尽的捐献,她几乎绝望了。经过这一探寻过程,凯茜一直都在为自己的身份担忧,可谓身份的焦虑者。

2.命运的无助者

面对命运,凯茜表现出一种无助感。作为幸存者,凯茜更能看清事情的真相:克隆人从存在的那一刻开始,就已经被正常人设定命运。是否被创造,是否要通过学习艺术来证明灵魂的存在,能否推迟捐献……及其一切都由别人决定,无论怎样努力,他们都不能改变自己的命运。知道这些真相后,凯茜既震惊又痛苦无助。更为严重的是,他们不仅被剥夺了改变命运的权利,有时甚至连知道真相的权利都被抹杀了。看护者常用一些模糊的话语掩盖了事情的真相。"不配享受特权"[4] 和"机会的滥用"[4]这些话语最初使凯茜迷惑尴尬,最终让她觉得无助无望。当凯茜看着自己的同学、伙伴、男朋友一一逝去,自己对此却无能为力的时候,她内心的无助感变得更加强烈。此时的她已经悲伤到了极点,达到了绝望的程度。面对汤米的死,她表现得极为无助,只能通过幻觉来弥补内心的伤痛:"她面前开始出现了一个小小的幻象,这是因为这里毕竟是诺福克,而且仅仅几周前我才失去了他。"[4]凯茜的命运,让我们看到了作为器官捐献者的克隆人所展现的无助无望。

正如朱迪斯·赫曼所言"心理创伤是一种自己感觉毫无力量的苦痛。在创伤中,受害人受到强大的冲击处于无助状。"[5]凯茜的经历恰恰印证了她内心遭受的心理创伤。

二、产生创伤的原因

1.不合理的科技创新

随着科学技术的发展,人类的物质文化水平都有了很大程度的提高。科技创新像源源不竭的动力,为人类带来了诸多便利。其中,克隆技术的发展,让克隆人的存在成为可能。作者把克隆人描述成存在的生命体,借助克隆人凯茜之口说出了克隆技术存在的隐患问题。由于人类过度地以自我为中心,不加节制地开采利用各种资源和技术,给人类的生存环境已经造成了极大威胁。人类自己也对克隆人的存在感到不安,但是功利主义,让人类在不加思索的情况下,仓促地运用克隆技术,造成了很多不良后果。而且人类没有考虑到克隆人的处境,"整个世界的人都不想得到提醒捐献项目是怎样运作的。他们不愿意去想你们这些学生或是你们的成长条件。"[4]他们只关乎自己的生命安危,不会关心克隆技术给克隆人带来的灾难。不恰当地使用克隆技术,不仅给克隆人造成了苦难,也威胁着人类自己的安全。

2.正常人的权力压迫

克隆人的命运不仅被看护人操控着,而且被赞助者左右着。克隆人作为弱势群体,只能默默地承受创伤带来的苦痛。阶级与压迫是人们经常讨论的话题,它们的存在体现了社会权力机制的弊端。从凯茜的叙述中不难看出,正常人对克隆人进行了长期的压迫。这种压迫与种族压迫类似,都是强势群体对弱势群体的压迫。正常人的强势文化对克隆人造成了巨大的心理创伤,这种创伤在短时间内无法修复,他们主要通过以下方式来对克隆人进行压迫。首先,他们采取灌输式的教育来树立克隆人的价值观。弗莱雷在《被压迫者教育学》中指出,"灌输式"教育就是老师"让学生耐心地接受、记忆和重复存储材料"[5]。通过这种方式让克隆人丧失自主性与能动性,从而听从看护人的指导。其次,采用了规定约束的方式,来对克隆人进行控制。尤其是通过制造恐怖氛围来限制克隆人的自由。最后,看护者还歪曲事实真相,欺瞒慌骗克隆人,来迷惑扰乱克隆人的视听。从这些残酷的压迫方式中,可见看护者的无情以及克隆人遭受的创伤,也体现了社会权力机制的弊端。

三、创伤的治疗

朱迪斯·赫曼曾在《创伤与复原》中提出了治疗的三个阶段:"创建安全感、追忆和哀悼、建立与周围环境的联系"。[6]凯茜通过这三个阶段完成了自我疗伤。首先,她努力探寻身份,找到事情真相,最终不再焦虑不安,建立了安全感。其次,回忆了克隆人的捐献历程,对死者进行了默哀。正像她自己所说的那样她不会失去对露丝和汤米的记忆,与此同时她还采用了叙述创伤的方式来重现创伤,"希望身心获得统整,创伤可以终结,个人得以救赎"[7]。借此冲淡创伤,缓解内心的痛苦,摆脱捐献造成的创伤阴影。最后,凯茜最终选择了与之前不同的道路,不再回避问题,决定直面周围的环境,继续生活下去。凯茜认为,"一旦能过上更为安静的生活,无论待在哪个他们把我送去的康复中心里,我的心中都会和黑尔舍姆在一起,让它安全地留在我的脑海里,那将是没人能够抢走的一样东西。"[4]由此可见,凯茜已经从创伤中走了出来,"朝着不管哪个我该去的地方疾驶而去"。[4]

四、结论

《别让我走》讲述了克隆人成长的故事。表面上看,他们跟普通人一样,有童年,有情感,有梦想。然而透过故事,却能发现:他们不仅没有存在感,而且无法掌控自己的命运。他们是高科技时代的试验品和权力压迫下的牺牲品。他们不能改变捐献的现状,只能竭力安抚内心的不安,治疗内心的创伤。通过对这部作品的创伤性解读,不但剖析了克隆人的创伤,而且为经历创伤的人提供了治疗方法。与此同时,我们也从中获得启发:人类应合理利用科技创新,更应关注受创人群、同情弱势群体。

作者简介:

刘爽,内蒙古工业大学外国语学院 2013 级硕士研究生,英语语言文学方向。

王晓利,内蒙古工业大学外国语学院副教授,硕士生导师。比较文化学专业英语语言文学方向。通讯作者。

参考文献:

[1]Caruth, Cathy. Unclaimed Experience:Trauma, Narrative and History [M]. Baltimore and Maryland:Johns Hopkins UP,1996.

[2]董美银.《时时刻刻》的创伤性解读 [D].齐齐哈尔大学,2012.

[3]阿兰·德波顿.身份的焦虑[M].陈广兴,南治国译.上海译文出版社,2009.

[4]石黑一雄.别让我走[M].朱去疾译.南京:译林出版社,2011.

[5]保罗·弗莱雷.被压迫者教育学[M].顾建新,等译.上海:华东师范大学出版社,2001.

[6]Herman, Judith. Trauma and Recovery:The After-math of Violence—From Domestic Violence to Political Terror [M]. New York:Basic Books,1992.

[7]LaCapra D. Representing the Holocaust:History, Theory, Trauma [M]. Ithaca:Cornell University Press,1994.

沉默中的抵抗——解读《阁楼上的佛像》中的身份构建

王　佳　王晓利

（内蒙古工业大学外国语学院，内蒙古呼和浩特 010080）
基金项目：教育部留学回国人员基金项目（项目编号：20121792）

摘要：朱丽·大冢的作品《阁楼上的佛像》叙述了二战时期，日本移民初到美国遭到当地人的排挤，但他们选择沉默。优良的品格和辛勤的劳动使日本人逐渐得到认同，建立了在美国得以生存的新身份。这部小说向我们展现了日本早期移民努力得到身份认同的艰难历程。

关键词：早期日本移民；认同感缺失；身份构建；身份认同

一、概述

日裔美籍小说家朱丽·大冢（Julie Otsuka）出生在美国加利福尼亚州，2002年出版了小说处女作《皇帝曾为天神时》（*When the Emperor Was Divine*）。《阁楼里的佛像》（*The Buddha in the Attic*）是她的第二本小说。此小说曾获得许多奖项，如：美国笔会/福克纳小说奖、亚裔美国文学奖、古根海姆学者奖、洛杉矶时报图书奖、国际 IMPAC 都柏林文学奖等。

小说向读者讲述了"她们"（小说中 we）的历史。女主人公们年轻时带着对未来的憧憬，仅凭照片和信件远嫁美国。然而现实是残酷的：恶劣的生存环境，当地居民（小说中 they 为美国白人）的排斥以及丈夫们在巨大生活压力下的冷漠。为了生存，她们与丈夫面对残酷现实时均保持沉默，努力学习陌生的语言，适应新的环境，繁衍养育后代。认真和踏实逐渐让美国白人接受了这一群黄皮肤黑头发的外来人。

大冢对第一代移民到美国的日本人的历史有着浓厚兴趣。她的外祖父是日本初代移民(也就是小说中身在美国的日本男青年之一)。一位研究朱丽·大冢的学者任爱红,在一篇文章中写道:"作者身边有许多初代日本移民,也就是小说中主人公们的原型,她们向大冢讲述了自己的经历,使大冢深感震撼,于是也想通过小说让更多人了解这段被忽视的历史。"(任爱红,2012)作者从她们的角度讲述早期日本移民在美国的艰难生活及身份认同的缺失与构建的过程。

二、身份认同的缺失

国内学者覃明兴在《移民的身份构建研究》一文中阐述了身份认同与社会的关系,"身份就是某人或群体标示自己为其自身的标志或某一事物独有的品质。人们一旦从社会获得了某种身份,也就意味着他获得了与此种身份相适应的种种权利。"(覃明兴,2005)"身份认同"是当代族裔研究中的一个重要概念。它起始于20世纪50年代,是考察外来移民能否进入主流社会的一个标准,是文化认同的一个分支。小说中,日本人不远万里来到陌生国度,面临的最大问题就是与当地人的融合,初来乍到的日本人被当地人驱赶,周围的邻居时刻带着敌意。若想扎根生存,就必须得到社会的认同,得到一个不同于当地人和外来人的新身份。而身份认同一定程度上取决于当地人对于这些外来者的接纳程度,所以为了生存,日本人不得不做出改变,虽然感到矛盾与困惑,但他们从未停下努力的脚步。一方面,他们保持着日本人的优良传统与部分生活习惯,另一方面,他们努力向美国人靠拢,获得周围人的认同,在新环境中立足生存。

早期日本移民继承和保留了日本传统文化的很多特点,使他们能够在异国环境下取得殊为不易的成就。小说中,移民美国的日本男性绝大多数是体力劳动者,在农场和果园做苦工维持生计。而女性移民大多借由婚姻来到美国,"那些漂洋过海与在美的日本男子完婚的女人,可谓保守温顺,和由父母选中的但连面也没见过的男子结合。"(沈宗美,201)日常生活中,日本人与外面的世界几乎没有交集。"在村子里,他们不把我们视作邻居。他们也不把我们当成朋友。我们在这无雅观可言的棚屋里生活,连简单的英语也说不出。"(Otsuka 35)工作时,初代移民无论男女都异常能干,受到雇主的喜爱与称赞,却遭到了周围白人的排挤与欺负。他们说着蹩脚的英语,努力适应着美国的生活模式。但他们一直是被排除在外的一群人。"他们允许时,我们定居在城市的边缘。然而当他们不愿意时:'不要让我日落时还能在城里看到你',他们有时暗示着——我们就继续前行","有时,他们驶过我们农场的棚屋,将大号的铅弹射向我们的窗户,或是在我们的鸡圈放把火……第二天早晨,即使我们在泥土中找到他们的脚印和散落的火柴梗,将警长叫过来,警长也会

声称没有值得追踪的证据。"(Otsuka 23)

此外,女人们还要承受来自辛苦生养的孩子们的不认同。生了孩子后,母亲,成了这些女人们新的身份。她们竭尽所能照顾好这些孩子,因为孩子是她们晦暗生活中唯一属于自己的东西,也是唯一的希望。可这些从小出生在美国的孩子们,上了学、学会了英语,在与母亲们相同却又不同的环境中,渐渐忘记和疏远了自己的母语和母亲。"通常,他们都以我们为耻。"(Otsuka 85)"我们"养大了孩子之后,又失去了他们。在这一时期,初代日本移民的身份认同取决于"他人",身份认同是由当地人的认可与接纳程度所决定的。

如果说初代日本移民是因为外来者的身份得不到认同,那么在美国出生的第二代日本人,至少在出生地和成长环境方面与第一代移民有所不同。但这些出生在美国的孩子们的境遇并没有得到改善。"在学校,他们和墨西哥人坐在教室的后边……课间时,他们在操场的一个角落里缩在一起,相互之间小声的用私密觉得羞耻的语言交头接耳着。在食堂,午饭时他们总是排在队伍的最末。"(Otsuka 72)故事里出生在美国的日本孩子上的几乎都是种族混合的学校,与其他少数族裔的孩子们躲在角落里。即使在孩子们中间,白色人种与有色人种也被严格地区分开。

为什么谦逊勤奋的日本人频频忍让,努力工作,却依然得不到白人的认同与接纳。首先,种族起源往往是身份认同,尤其是民族身份认同的重要成分。"这些跨过太平洋的亚洲劳工在美国人的眼里被视为'黄色部落'、'异教徒'和'永远无法同化的人',徘徊在美国主流社会的边缘,被类化为美国社会的少数民族、次等公民。"(Min 12)。种族特征是白人优越论的基调,他们认为只有白种人是高贵的。直至今日,无论是在文学作品中还是现实生活里,美国人对亚洲人的观念虽然有所改变,但种族歧视仍然普遍存在。

其次,共用的语言也是身份认同的重要因素。社会学博士张萌萌强调了社会成员使用同种语言的必要性,"对于同一普遍语言的使用使社会成员意识到其他成员的存在。尽管人们不相识,统一的语言的使用让人们意识到大家拥有共同的身份。"(张萌萌,2011)小说中,刚刚移民到美国的日本人只会用不标准的英语简单地回答问题,"极少的一些时刻,当我们不得不向他们做自我介绍时——'司米师先生?'——他们困惑地盯着我们,然后耸耸肩走开了。"(Otsuka 27)不同的语言标明了不同的身份,日本人的语言让美国人感受到外来人的侵入,因此蹩脚的英语成为日本人不被认同的另一因素。

最后,生活方式也是建立身份认同的标准之一。尽管文化有多种表现形式,但我们认为一个群体往往拥有同一种生活方式。"起初,我们时常对他们感到惊奇……他们的墙上真的挂的是盘子而不是图画吗？穿鞋进屋？……向谁祈祷？他们是真的从月亮里看到人而不是兔子吗？葬礼时吃牛排？喝牛奶？"(Otsuka 26)任何地区都存在独特的习俗，因为地域不同，东西方的生活方式有很大差异，日本人与美国白人对彼此的生活方式产生疑惑甚至质疑时，即会认定对方与自己不属于同一群体，这对新移民的构建新身份起阻碍作用。

三、身份认同的构建

移民者由于迁移而带来身份危机。他们为了生存与个人发展，为了得到来自他人的认同与社会的接纳，从而获得与其他人一样的生存权利，他们就不得不"通过与环境和其他人群的不断互动、运用各种身份谈判策略，确立身份标识，重新界定和解释自己的身份，构建与新环境相一致的身份。"(覃明兴 2005)当社会其他成员认可了移民者，社会才能接纳移民者的新身份，得到社会居民应有的权利。对于拥有多文化背景的移民来说，很容易受到当地强势文化和种族主义的压迫。小说中的女主人公们和她们的丈夫作为初代移民，以及在美国出生的孩子们（第二代移民），面对各种冲突和排斥，沉默不语。当面对不公正的待遇时，少数人会选择咒骂，把所有的不幸都归结于可恶的美国人，但大部分人选择忍气吞声，在夹缝中艰难地维系生活。艰苦的生活造就了女人们麻木的心灵，却使她们迅速适应了陌生的环境。"我们忘掉了佛，忘掉了上帝。我们内心生长出来的冷漠到现在都融化不了。"(Otsuka 37)这种"卓绝的"忍耐力自然是来源于这些女人自幼所接受到的日本文化的熏陶，"反抗的惟一方式，我们的丈夫告诉我们，就是不反抗。(Otsuka 42)。忍气吞声的耐受力，一丝不苟的做事态度，和坚韧不拔的行为风格，是日本人独特的民族精神。虽然最初几代日本移民为了融入美国社会，试图改变或隐藏自己的日本身份，但这些标示他们日本人身份的良好日本传统美德却使白人逐渐改变了原本排斥的态度，变得友善，"他们赞美我们有着坚实的后背和灵巧的手，我们的毅力，我们的温顺性格。我们不同寻常的忍受炎热的能力……我们勤劳，我们有耐心，我们极其有礼貌……我们不赌博，也不吸食鸦片，我们不大喊大叫，也不争吵。"(Otsuka 87)这一切都使当地的美国人慢慢地接受了日本移民，不过这种接受是在悄然间产生的，没人注意到这细微的变化。

1941 年，珍珠港事件引发了美国人对日本人的愤怒，政府下达"9066 号行政命令"，有 10 万名居住在美国的日本人被运送到拘留营。日本人一夜间从小镇上全部消失。此时当地白人才意识到，这些黄种人已经成为他们生活的一部分，"几个星期了，我们中的一些人对日本人可能回来抱有期待，因为没人说过一离开就会是永远。我们在公交站、在花商那里找寻他们。……我们想知道是否那都是我们的错。我们本应该向市长、向政府或者向总统本人请愿。'请让他们留下。'"(Otsuka 122)日本人已经成为美国社会的一部分,被社会成员接纳,日本人赢得了认同。

孩子们构建身份较之父母更加积极主动。当孩子们意识自己遭受到的不认同来源于自己日本人的身份时,便试图与之划清界限。在家里不再用日语与父母交谈。"我们曾教给他们的词汇一个接一个地从他们的脑子中消失。他们忘记日语中那些花的名字,忘记了贫苦神这个我们从来逃不掉的神的名字。"(Otsuka 72)进入集中营前,孩子们依然要表明自己的立场。"走的时候毛衣上别着美国国旗的胸针,脖子上的金项链挂着美国大学优等生荣誉学会颁发的钥匙奖章。"(Otsuka 101)他们想通过这些方式与自己的日本身份告别,构建新的美国人身份,不过他们得到的认同同样来源于良好的日本传统。"美国出生的第一批日本孩子以循规蹈矩、彬彬有礼及学习勤奋而出名,并受到老师的喜爱。"(沈宗美 22)他们聪明伶俐,刻苦努力,避免与人发生争执。"他们的老师说,现在她一天中最艰难的部分,就是点名。她指着三张空桌子:田岛奥斯卡,冈本爱丽丝还有她最喜欢的学生。'那么害羞。'每天早晨她点他们的名字,当然,没人回应。'所以,我把他们记成缺席,除此之外,我还能做什么。'"(Otsuka 118)白人孩子对于日本同学的离去也感到难过,他们回到家中不在叽叽喳喳,不听从父母的教导,仿佛受到了很大的震动。从这些反应可以看出,第二代移民也得到了属于自己的认同。

四、结语

朱丽·大冢小说中的早期日本移民像许多被边缘化的少数族裔一样,面临着文化适应和身份建构等问题,他们试图在新的生存环境中获得当地白人的认同,从而构建作为少数族裔的新身份。初代日本移民在构建新身份的过程中面临种种困难,却凭借自身坚韧的毅力、耐心和良好的传统美德逐步得到认同。身份的构建是少数族裔融入美国社会的必经之路,少数族裔将在这一复杂而漫长的过程中不断探索与努力。

作者简介:

王佳,内蒙古工业大学外国语学院 2013 级硕士研究生,英语语言文学方向。

王晓利,内蒙古工业大学外国语学院副教授,硕士生导师。比较文化学专业英语语言文学方向。通讯作者。

参考文献：

[1]Lawler,Identity:Sociological Perspectives[S].

[2]Cambridge:Polity Press,2008.

[3]Julie Otsuka,Buddha in the Attic [M].New York:Anchor Books,2011.

[4]Pyong Gap Min edt.,Asian Americans:Contemporary Trends and Issues [M].Sage Public ations,Inc.,1995.

[5]沈宗美.美国种族简史[M].北京:中信出版社,2011.

[6]董娣.亚裔美国人的身份认同[J].信阳师范学院学报(哲学社会科学版),2001,(7).

[7]任爱红.解开历史尘封,再现"照片新娘"——评 2012 年笔会/福克纳奖获奖作品《阁楼上的佛像》[J].译林:外国文学大奖点击,2012,(04):201—204.

[8]覃明兴.移民的身份构建研究[J].浙江社会科学,2005,(1).

[9]张萌萌.西方身份认同研究述评[J].云梦学刊,2011,(3).

《江格尔》与《圣经》神话原型之比较研究

刘昌蕊，王晓利

（内蒙古工业大学外国语学院，内蒙古呼和浩特 010080）

摘要：弗莱的神话原型批评理论于 20 世纪五六十年代在西方文论界兴起，对文学批评理论和方法产生了深远的影响。《圣经》是西方文化的重要源泉，也是一部包罗万象的百科全书。它是世界上发行量最大，发行时间最长，翻译成的语言最多，流行最广而读者面最大，影响最深远的一部书。蒙古族史诗《江格尔》记载了源远流长的蒙古族人民文化传统，描写英雄江格尔誓死保卫宝木巴过程中出现的种种传奇事迹。通过对两者的比较，可以发现两部作品中都具备的三个神话原型：父亲，儿子，和蛇，有着惊人的相似和对应之处，通过分析这两部作品的神话原型，可以将不同民族的文化作品联系在一起。

关键词：神话原型；《江格尔》；《圣经》；父亲；儿子

一、神话与原型理论

文学与神话向来相生相依，神话是文学的初始形态，从表现形式上说，文学与神话在主题、人物、意向上都有共通之处，而两者都探究与人类自身的存在关系最为密切的话题。"神话是宗教仪式的口头部分，而文学的意义与功能主要呈现在隐喻和神话之中。"[1] 文学和神话的这种密切的联系在西方引出一种文学批评方法——神话原型批评。

神话原型批评起源于 20 世纪初的英国，成型于加拿大文学批评家诺斯洛普·弗莱的《批评的解剖》（1957 年），战后兴于北美，是 20 世纪五六十年代流行于西方的一个十分重要的批评流派。[2] 神话原型批评作为一种理论，是建立在人类学和心理学等方面的理论基础之上的，它自觉地吸收了其他学科的理论，并最终成为了独当一面的文学批评方法。

"神话"的概念由来已久,一般泛指关于神或者是其他超自然的故事,有时也包括神话了的人。一个民族的神话往往能够从侧面反映该民族的历史。这些神话仍然被后人们不断阅读着,并且受其影响。而民族神话可以看作是该民族的精神特征,是其永远追寻的自我意义。神话原型批评把神话作为仪式和梦幻的文字表达方式,使仪式获得意义,梦幻具备形式,所以神话是文学作品的结构原则。原型(archetype)又译为"原始模型"或"民话雏形",[3]这个词出自希腊文"archetypos""arche"本是"最初的""原始的"之意,而"typos"意为形式。原型批评理论的宗师是弗莱,他认为,原型是具有相对稳定性的文学结构单位,它可以是意向、象征、主题、人物、情节等,只要它们能够在不同的作品中反复出现并具有约定性的语义联想。弗莱还认为,原型体现着文学传统的力量,"它们把孤立的作品相互联结起来,使文学成为一种社会交际的特殊形态。"[2](P9)因此,运用原型理论,在跨文化的比较中研究具有人类共性的原型,对发现文学自身规律有着重要的意义。

《圣经》是基督教的最主要文献,在旧约和新约中贯穿着一个统一的思想,就是对人类的拯救。起初耶和华上帝根据自己的形象造男造女,让他们修理和看守伊甸园,[1]上帝告诫二人园中的果子可以随意吃,唯独中间分辨善恶树上的果子是不能吃的,那时,所有的动物都很温顺善良,唯独蛇非常狡猾,它引诱女人吃了善恶树上的果子,并摘给她的丈夫食用,二人因为违背了上帝的话,受到了惩罚,被赶出伊甸园,承受着各自的痛苦。

由于二人带来的原罪,世界上的罪恶越来越多,上帝为了拯救人类,差遣自己的独生子耶稣基督[2]道成肉身,降生于世间拯救世人。耶稣在世间行神迹,医病赶鬼,同时传播福音。在魔鬼的引诱下,耶稣的 12 门徒之一犹大[3]收了罗马兵丁的钱,出卖了耶稣,耶稣最终被钉死在十字架上,也完成了拯救人类的使命。

分析整个《圣经》中的故事情节和人物,可以发现三个基本原型人物,第一位是父亲,即万能的上帝耶和华,第二位是儿子,上帝的独生子,降生拯救世人的耶稣基督,第三位是蛇,也就是魔鬼。再来看《江格尔》。《江格尔》这部书是蒙古族的一部口传文学,与藏族的《格萨尔王》[4]、柯尔克孜族的《玛纳斯》[5]并称为中国少数民族三大英雄史诗,约在公元 13 世纪前后,《江格尔》由蒙古准格尔、和硕特、土尔扈特和杜尔伯特四位拉特部民间艺人共同创作完成,史诗描写了江格尔坎坷的身世。[4]江格尔的先辈塔克勒·祖拉汗带领他的部落在希克尔海边建立了自己的家园——宝木巴。塔克勒的后代乌宗·阿勒达尔汗在位的时候,宝木巴还是个美丽富饶的国家,在他统治期间,人民过着安居乐业,和平幸福的生活,但在江格尔出生后不久,蟒古斯趁机入侵宝木巴,其父母双双罹难,他被藏进山洞躲过一劫,猎人蒙根·西克希尔格偶然发现了他,为他取名江格尔,江格尔在山上与动物为伴,吸收天地灵气,练就非凡本领,最终征服了草原上的 40 个可汗,率领 12 个大巴特尔,33 个伯东,6 千名勇士南征北战,抵御入侵之敌,将宝木巴收回并建设成为一个人畜兴旺,没有孤儿和鳏寡,没有冻饿和战乱,人们安居乐业的理想家园。通过对《江格尔》的故事情节分析,也可以发现三种原型人物,即塔克勒·祖拉汗所代表的父亲,江格尔所代表的儿子,和蟒古斯所代表的魔鬼。和《圣经》中的三个原型加以对照,就可以发现,塔克勒·祖拉汗和耶和华上帝,江格尔和耶稣基督,蟒古斯和蛇,这三组原型之间是各自对应的。

二、原型之间的关系分析

按照《圣经》和《江格尔》原型人物形成的对应关系,我们可以逐个进行比较分析。两部作品中关于父亲的原型象征着创始与和平。两部作品中的"父亲"都从起初的天地混沌,到创造家园,为自己的人民开辟了一片乐土。

起初,天地是混沌的,模糊黑暗,耶和华创造了天地,又造各样飞禽走兽,和海里的生物,并建立伊甸园,让人管理伊甸园中的一草一木。最初的伊甸园是美丽辉煌的,人生活在伊甸园里也是富足的,因为那里没有饥饿,更没有战争,耶和华"使各样的树从地里长出来、可以悦人的眼目、其上的果子好作食物。"[5] 在那里人可以无忧无虑地享受园中的一切。就像《圣经》中的上帝一样,《江格尔》中的塔克勒也是如此。相传在古老的黄金世纪初期,陆地和海洋刚刚分开,世界还是一片朦胧混沌。塔克勒·祖拉汗率领着他的部落,迁徙到了阿尔泰山西麓,美丽富饶的额尔齐斯河畔,在希克尔海边建立了自己的家园。他率领勤劳勇敢的宝木巴人民,经过十几年的不懈努力,终于过上了安居乐业,和平幸福的生活。

两部作品中儿子的原型也有很多相似之处。首先,儿子的出身不凡,注定他们与众不同,《圣经》中的耶稣并不像其他的孩子一样,他的生母玛利亚在还未结婚时就从圣灵感孕怀了他,而他真正的父亲是耶和华,也就是创造天地万物的上帝。耶稣降生以后,东方出现了一颗明亮的星,希律王由于担心这种异象会影响他的王位,下令要杀掉伯利恒城里两岁以内的孩子,在他下命令之前,玛利亚和约瑟已经得到主的使者梦中显现给他们的话,抱着耶稣逃出了伯利恒。可见耶稣从生下来就是受人景仰,并且一直受神保护。

《江格尔》中的英雄江格尔也拥有着同样传奇的身世,他的降生同样不同凡响。江格尔的母亲乌仁玛怀胎十几个月,江格尔迟迟未降生,好不容易到了产期,乌仁玛却生下了一个红兮兮的大肉球,他的父亲用玉皇大帝赐下的锯齿宝刀将肉球锯开,江格尔才得以从肉球中跳出来。由于他的诞生,宝木巴人就在他的宫殿外举行庆祝聚会,歌舞不绝。他不仅是草原最高领袖可汗的儿子,更是众人爱戴的可汗的后裔。

其次,除了出身,这两位英雄的第二个特征就是天赋异禀。不管是耶稣还是江格尔,他们都不是凡人,都具备凡人所不具备的能力,用现代的话说,他们应该算是"超级英雄"了。耶稣在世间行了很多神迹奇事,他医好了癫痫的,瞎的,瘫痪的,长大麻风的,患血漏的,并在船上为门徒平静大风浪,更得以让已经死去的财主拉撒路从死里复活。在几千人只有一张饼和几条鱼的情况下,他能让那几千人吃饱,剩下的饼渣还能装满筐子。就这样,跟随耶稣的人越来越多,因为人们知道,他的这些能力都是凡人所不具备的。作为上帝的儿子,他当仁不让地被称为"全知全能的主耶稣基督"。史诗中的江格尔同样身手不凡。他在还是襁褓的时候,就力大无穷,史诗中记载说:"接生婆用老山羊皮做的襁褓将孩子裹起来,可才一夜他就将襁褓登破了,乌仁玛又给他换成犍牛皮做的襁褓,没想到也才用了一夜,又被他蹬破。"[4](P26)在他2-6岁期间,就已经立下赫赫战功,打败了周边的很多敌人,几乎没有失败过。在江格尔7岁那年,他就开始名扬四海,40个可汗的土地被他征服。后来他在宝木巴建立联盟,自此人们都称他为圣主,可汗⑥。

再次,两位儿子都肩负着沉重的使命,耶稣诞生世间是神授天命,他为的是要传播福音,拯救他父亲的国,让更多人得救,所以他一直为着这个使命而努力着,他收了12个门徒跟随他,并差遣他们传播福音。最终耶稣为了全人类的罪,被钉死在十字架上,完成了上帝救赎人类的整个宏伟的计划,拯救了无数的罪人从罪恶中解脱。江格尔同样是为了保护他父亲守护的部落——宝木巴,他通过战斗,保卫着自己的家乡,⑦最终由于他的努力,草原上下了7天7夜的香雨,使受伤的人痊愈,战死的人获得新生,他将宝木巴的人民从战乱困苦中解救,带领着宝木巴的人民过上了幸福美满的生活,草原也得到了长久的安宁。

两部作品中魔鬼的原型不谋而合,在西方,撒旦(蛇)就是邪恶、腐败、毁灭、神秘的意象,《圣经》里记载:撒旦曾是个天使,由于嫉妒和虚荣心作祟,堕落为天人共诛的恶魔,他不愿意人类在伊甸园无忧无虑地生活,于是想法设法破坏,正是由于撒旦的诱惑,和人类的疏忽,才使得人类从伊甸园被赶出,失去了与神同在的美好生活,并要在地里辛勤劳作,女人还要承受生养的痛苦。至此,撒旦完成了将人类赶出伊甸园的阴谋。而值得探究的是,西方撒旦的原型来自蛇,蒙古族史诗中的魔鬼原型蟒古斯也来自蛇——由蛇变成龙,龙又变成蟒古斯。[6]在史诗《江格尔》中的蟒古斯也是一个贪得无厌的人,他对宝木巴觊觎已久,也嫉妒宝木巴人民安居乐业的生活,一心想将其占为己有,但多次侵犯宝木巴边境都被击退。听说乌宗·阿勒达尔汗因为有了儿子成天沉湎于此,边境防务松弛,于是率领队伍奔袭宝木巴。宝木巴沦陷,江格尔的父母双双罹难,蟒古斯也达到了他的目的。

三、结语

运用原型理论,在跨文化的比较中研究具有人类共性的原型,对发现文学自身规律具有重要意。《圣经》神话中的上帝耶和华、耶稣基督、蛇分别象征着父亲、儿子和魔鬼的原型;《江格尔》中的塔克勒·祖拉汗、江格尔和蟒古斯也分别象征着父亲、儿子和魔鬼的原型。两组原型之间是对应的,并且具有很多一致的意义。两部作品要表达的社会意义也是一致的,即表达了人民对幸福美好生活的憧憬:没有死亡,人人长生,没有骚乱,处处安定,没有孤寡,老幼康宁,不知贫穷,家家富强。这种理想化的描绘超出了民族界线和阶级界线,同时也将跨民族的两部作品巧妙地联系在了一起。

作者简介:

刘昌蕊,内蒙古工业大学外国语学院 2014 级硕士研究生,英语语言文学方向。

王晓利,内蒙古工业大学外国语学院副教授,硕士生导师。比较文化学专业英语语言文学方向。通讯作者。

注释:

①伊甸园:在圣经的原文中含有乐园的意思。圣经记载伊甸园在东方,有四条河从伊甸流出滋润园子。这四条河分别是幼发拉底河、底格里斯河、基训河、和比逊河。

②耶稣基督:耶稣(古希腊语可拼为 Iesous)是《圣经》中所预言的救世主,又称基督(希伯来语为弥赛亚),耶稣是神的儿子,常被称为"拿撒勒人耶稣"。

③犹大:耶稣基督的使徒;为三十枚银币而出卖了耶稣。耶稣基督死后,犹大因流了义人的血而自杀,吊死在一棵树下。

④藏族英雄史诗《格萨尔》通过主人公格萨尔一生不畏强暴、不怕艰难险阻,以惊人的毅力和神奇的力量征战四方的英雄故事,热情讴歌了正义战胜邪恶、光明战胜黑暗的斗争。

⑤史诗《玛纳斯》并非一个主人公,而是一家子孙八代人。整部史诗以第一部

中的主人公之名得名。《玛纳斯》主要讲述了柯尔克孜族人民不畏艰险,奋勇拼搏,创造美好生活,歌颂伟大爱情的故事。一共分为 8 大部。

⑥可汗:亦作"可罕"。中国古代鲜卑、柔然、突厥、回纥、蒙古等族的君长称号。

参考文献:

[1](美)韦勒克.沃伦著,刘象愚译.文学理论[M].北京:三联书店,1984.

[2]叶舒宪编.神话——原型批评(增订本)[M].西安:陕西师范大学出版社,2012.[3]管东贵,芮逸夫.民话雏形[M].台湾:台湾商务印书馆 1971.

[3]何德修.江格尔传奇[M].乌鲁木齐:新疆青少年出版社,2006.[5]圣经[M].南京爱德印刷有限公司,2007.

[4]特思古巴雅尔.汉文记载中的蟒古斯[J].内蒙古大学学报,1992(02):52.

[5]德柱.《圣经》神话原型与蒙古族史诗神话原型之比较研究[J].昭乌达蒙族师专学报(汉文哲学社会科学版),1992(04):44-51.

《上海孤儿》中班克斯的身份认同

尹丹丹　　王晓利

（内蒙古工业大学外国语学院，内蒙古呼和浩特 010080）

摘要：日裔英籍作家石黑一雄的第四部作品《上海孤儿》一经出版，便引起了英语文学界和文艺批评界的广泛关注。小说将故事背景设定在二十世纪三十年代的上海，此时，中国正处于被包括英国和日本在内的西方诸国占领的境遇。小说的主人公克里斯托夫·班克斯从剑桥大学毕业后，成为了一名侦探，他回到自己出生的地方——上海，想要查清父母亲失踪的真相。评论界对这部小说进行了多角度的解读。《上海孤儿》的主人公班克斯是后殖民主义关注文化"他者"，具有多重文化身份，他寻找双亲的过程即是寻找文化身份认同和自身归宿的过程。

关键词：上海孤儿；后殖民主义；文化背景；身份认同

一、引言

从十五世纪葡萄牙的向外扩张活动开始，殖民主义开始进入人们的视线。随着第二次世界大战的结束，各殖民地纷纷从宗主国独立，宗主国对殖民地的控制，由政治、军事等层面，转向了诸如经济、文化等软实力方面。文艺理论界随之出现了一种新的批评视角——后殖民主义（Post-colonism）。由爱德华·赛义德编撰的《东方学》的出版，使得该批评理论进入人们的视线。主要的理论学家除了已经提到的赛义德，还有盖娅特丽·C·斯皮瓦克和霍米·巴巴等。后殖民主义主要关注殖民时期之"后"，宗主国与殖民地之间的文化话语权力的关系，[①]这种权利关系是由人与人之间的关系反映出来的，即所谓的殖民者与因殖民产生的"另类"或"他者"之间的关系。因殖民产生的身份问题，是后殖民主义学者，尤其是那些具有殖民地文化背景的学者们研究的重点。佛朗茨·法农曾经指出，"身份""认同"（identity）是由某些人早已杜撰出来……是一个意识形态建构，旨在维护和加强帝国主义对自我的界定。②霍米·巴巴认为对于具有双重文化身份的殖民地人民来说,他们的民族身份不是绝对对立的,他们对自己身份的认同总是变动不居。无疑,身份认同在后殖民理论中占据着举足轻重的地位。

石黑一雄是崛起于二十世纪八十年代的日裔英籍作家,在陆续出版了《远山淡影》和《浮世画家》后,他的日裔身份和写作的国际化主题开始引起文学界和批评界的瞩目,随后的作品《长日将尽》摘得了英国布克奖。石黑一雄的小说题材繁复,人物个性鲜明,场景跨度大,但"回忆"是他作品一以贯之的主题之一。此外,他擅长人物心理的刻画,常以细腻的笔触描绘人物千折百回、轻舟万重的心境变化。《上海孤儿》是他的第四部作品,出版于 2000 年,小说一经面世,便引起了强烈的反响,甚至有评论家说石黑一雄是英国小说史上"最勇于创新,最有挑战性的作家"③。《上海孤儿》的主人公是克里斯托夫·班克斯,他在十岁时遭遇家庭变故,父母相继失踪,长大后的他,成为了一名侦探,为了查明父母失踪原委、寻回双亲,他回到自己童年生活的城市——上海。在那里,目睹了中国民众在困境中的生活,感受了西方领事们对华人生活状况的漠然,经历了战争的残酷。经过重重努力,班克斯知晓了父母失踪的真相,尽管母亲依然在世,他却不愿认回自己的母亲。主人公探询事情真相的过程,即是他寻找自我文化身份的过程,故事的最后,班克斯想要逃离伦敦,也表明了他仍在寻找自身的文化归宿的途上。

二、石黑一雄和《上海孤儿》

石黑一雄 1954 年出生于日本长崎,童年时父亲随父母迁居英国,1982 年获得英国国籍。第一部小说《远山淡影》出版后,石黑一雄的日裔身份逐渐受到关注。他与奈保尔、拉什迪被称为英国文坛的"移民三雄"。石黑一雄五岁时移居英国,从小接受西式教育但是他从未忘记自己的民族身份。他的作品大多关注人的内心成长在不经意间流露出的忧伤和怀旧气息,常常唤起读者对石黑一雄的日裔身份的好奇,而写作时使用的词汇、语言等,又透露出,他接受过良好的西式教育。作者自身文化背景的多元性和对文化归属的强烈渴望,常常使他的作品流露出"梦里不知身是客"的惆怅。

《上海孤儿》中的主人公班克斯出生在二十世纪初的上海租界,他的父亲受雇于一家英国贸易公司。尽管十岁之前的生活无忧无虑,但是他也对自己生活的上海感到过困惑:自己生活的租界,干净、安全,生活在租界外上海华人区的人们,据他父亲说,是"说话常喜欢言过其辞,虚情假意,不能全信。"③其父的公司一直参与向中国走私鸦片,其母却是一个坚决反对鸦片贸易、并且对华人们十分友好的女人,她曾经为了家里的佣人和卫生检察官怀特产生过争执,因为怀特觉得中国人不讲卫生,且吸食鸦片。在班克斯眼里,父母有时十分恩爱,但因意见不合而针锋相对的时候更多,终于有一天他们再次因为父亲的工作激烈争吵,后果是,他的父亲悄然离家。班克斯的母亲多方奔走,想寻得丈夫失踪的原因,却不料,不久之后,他的母亲也神秘失踪了。因此,他不得不回到英国,和姑妈生活在一起。在英国,班克斯的物质生活十分优渥,但是他却从未觉得自己属于这个国家,并念念不忘已经失踪了十几年的父母。班克斯长大后成为了一名侦探,破获了很多大案,他一直没有放弃寻找他的父母。于是,他回到了上海。

三十年代的上海,战争一触即发,租界外战火纷飞,民不聊生,"河对岸是密密麻麻的棚屋和成堆的破碎石料,一团灰烟袅袅升向夜空。"③租界内依旧歌舞升平,夜夜笙歌。班克斯为了追查父母失踪的线索,参加了外国领事馆的舞会,却发现自己无法融入其中,"我禁不住再次对他们产生了强烈的反感"。③当他辗转了解到父母可能被关押在贫民区的时候,赶往那所他想象中关押着他双亲的房子,途中,他得到了中国司机和军官的帮助,这似乎唤醒了一部分他童年时,关于中国人的记忆。而在战区遇到的日本士兵,则让他感慨,人类生而平等。满怀希望的班克斯在贫民区一无所获。然后,他见到了"黄蛇",也是他童年敬仰的菲利普叔叔。菲利普向他解释了他父母的失踪的原因,以及他在英国期间,衣食无忧的生活的背后,母亲的付出。在他眼里曾经品德高尚的菲利浦叔叔,在政治抱负和宗教信仰的支配下做出了种种让人难以接受的举动,他们既是犯罪者也是受害者。⑦故事到此戛然而止。小说的最后,班克斯回到了英国,打算答应养女詹妮弗的邀请,去格洛斯特郡生活。在某种程度上来说,《上海孤儿》是关于一位备受念旧情绪煎熬的人的一个夸张故事,他无法走出幻想世界,想回到现实里面去。④

三、《上海孤儿》身份认同的探询

从《群山淡影》中的日本孀妇悦子,到《浮世画家》中的日本画家小野,到《上海孤儿》中的英国侦探班克斯,我们不难发现,石黑一雄的主人公们拥有一个共同的特征:在他们生活的社会中,他们不是主流人群,而是所谓的边缘人物:悦子和小野是生活在别国的日本移民;班克斯是英国人,却在中国的租界长大。不管自愿与否,他们大多与自己的母国文化脱离,即使在移民文化中,也处在边缘的位置,迟迟不能融入其中;他们拥有各自的社会身份,却对自己的文化身份感到迟疑和模糊,如《上海孤儿》中的班克斯,在英国同窗的眼中是一个"大怪人"。他的叙述者们,在现实和回忆中穿梭,尽管一路坎坷,却从未放弃寻找自己的文化身份,正如赫尔德所说,人需要吃喝,需要安全感与行动自由,但同样也需要归属于某个群体。⑤ 所以,他们试图在找寻身份认同的过程中,获得精神上的满足感和归属感。

班克斯从出生之日起,就已经笼罩在一个"分裂的感知"或"双重的视界"之中。班克斯出生在有着英国气息的上海租界:高大气派的房子、花园和"英国式"的草坪。因此,班克斯一方面对几条街外上海华人区充满好奇,而现实是他的朋友向他描述的不为他熟悉的上海另一面:"瘟疫肆虐,遍地污秽,坏人横行"。③ 班克斯的父母是地道的英国人,他自己一直讲英文,但是在他家里,家庭教师和佣人都是中国人,班克斯大多数时间和她们相处愉快,因此难免会受她们的影响。他曾向朋友哲说"我也永远不想回英国"。③ 班克斯的母亲是一位端庄优雅的女性,当班克斯把那些关于华人区的道听途说告诉母亲时,她"说了一些对此表示怀疑的话。"③ 班克斯这种上海长大的"英国人"的身份,以及周围人对他耳濡目染的影响,决定他的双重文化背景,也决定了他在看待问题时表现出的两种态度。

从英国回到上海后,班克斯出入高级场所,会见政府的高层领导,可见,在当时的中国,他的英国身份能让他进入都市文化。这种文化是属于英国人的,他们西装革履,优雅矜持,高谈阔论,是上海的精英。在没有参与到他们的聚会时,班克斯为自己的"英国身份"感到骄傲。但是轰炸来临时,所谓的"上海精英们",在歌舞升平的租界里瞭望河对岸的惨状,"竟对处在枪林弹雨中的华人邻居们如此不屑一顾"③,此时,他为自己是这群精英中的一员而感到懊恼。

"剑桥毕业""少年成名""聪明多金",当这些标签出现在一个人身上时,他想要融入上流社会,原本不是什么难事。但是对于班克斯来说,却十分困难。班克斯的朋友奥斯本提到,刚到英国的班克斯对"与显贵人物有来往"这一点颇感兴趣③,并邀请他参加查林沃斯俱乐部的聚会。班克斯欣然前往,因为他想要与自己的母国——英国社会建立联系,想要在英国精英中显现自己作为侦探的价值。但这次之后,当有人再次邀请他参加聚会时,他谢绝了,因为他决心"绝不让自己为浮华的伦敦社交生活分心"③。可见,班克斯想要融入英国生活,但他的种种举动表明,自己对英国并不亲近,甚至在心理上有强烈的陌生感和疏离感。他被永远地异化于他的新旧生活⑦。

班克斯对中国及中国人的感情是复杂的。他不排斥中国人民,甚至对他们有好感。在寻找双亲的过程中,班克斯遇到了热心肠且身手敏捷的中国中尉,和热心冷静且自我克制的中国司机。他甚至认为上海的外国租界是他的家乡,对于杨柳风中读到的英国,他只是短暂的借住。即便如此,班克斯对租界以外真实的上海,这个对于英国人来说的"他者"社会,有着高人一等似的格格不入。"东方主义帮助西方对东方建立霸权——采用的主要方法是东方是低于西方的'他者',并主动强化——当然部分是建构——西方作为一种优越文明的自身形象。"⑧童年时候的救爸爸的游戏中,他幻想爸爸的处境虽然身边"都是华人区的恐怖分子,他被关押的房子却十分舒适干净"③。在刚回到上海的时候,班克斯极度不习惯对一件事感到恼火,"这里的人似乎抓住一切机会可以挡住别人的视线"③,他认为这种行为是"失礼"的,但是在上海的租界里,这种做法"完全打破了种族和阶级的隔阂"。③作品中反复出现的赌博、吸毒做苦工的下层华人,在需要帮助的情况下,他偏执地认为自己的事最重要,要中国中尉离开自己的岗位,帮他寻找那座"关押"他父母的房子,这位中尉居然真的像他要求的那样,陪他走了一段贫民区的路,这才让班克斯认为他是善良热心的。在这些他者形象的构建过程中,石黑一雄充分展示以班克斯为代表的西方人的倨傲,视自我为中心以及对东方的无知和对东方人无理。

混杂的文化身份,导致了班克斯在精神上游离于两种文化之外:班克斯昔日的同窗奥斯本说他是"学生时代的大怪人③"。在租界以外,他认识了真正的上海,那里战火纷飞,百姓东躲西藏,到处是残垣断壁和无人掩埋的尸体,要承认自己属于这样的上海,他忍不住退缩了。这种既与"他者"社会格格不入,又与"自我"社会疏离的心理,迫使班克斯急切地想要寻找自己的归宿和文化身份认同。

在小说中,班克斯通过他人的叙述,表达了他的这种对于自我归属感的困惑和失落。菲利普叔叔和他说,因为他生长在租界里,这里各个国家的人混杂生活,所以以后他长成一个不纯粹的英国人也不奇怪。他还说"人们需要归属感。属于某个国家,属于某个人种。否则,我们所拥有的文明也一样会崩溃"③;班克斯的日本朋友山下哲回到日本后,感到自己的"异国身份",无奈再次回到上海;班克斯在寻找双亲途中,遇到的形单影只的路人眼神里充满无家可归的绝望"③。不管是谁,都想要寻找属于自己的文化符号,建立自己与这个文化身份的联系,并在失落中不断寻找归宿。正如那些即将死去的日本士兵和中国士兵一样,死前的号啕"正如新生儿的啼哭一样人人相同,没有国别民族的差异"③。

小说的最后,班克斯仍旧住在伦敦,但是他考虑搬去和养女一起住。他的寻根之旅依旧没有结束。

四、结语

班克斯作为一位边缘人物,具有一定的代表性,他受东西方双重文化的熏陶,心中充满了漂泊感、绝望感和孤独感。他寻找双亲的过程,即是他寻找文化身份的过程。他想要建立与母语文化的联系,却因为不能认同伦敦的生活而失望;他想要寻回的童年记忆,却被真相伤害,因此在面对真实的上海华人区生活时退缩。班克斯在寻回双亲,寻找身份认同的过程中,在两种文化身份中不停地摇摆,他是一位游离于两种文化之外的"孤儿"。

在当代的大国交往中,任何文化压抑和意识权利的强加都是不可取的,唯有打破传统的东西方二元对立的局面,以更开放、包容、融合的眼界看待各种文化,实现"你中有我,我中有你"的第三条道路。

作者简介:

尹丹丹,内蒙古工业大学外国语学院2016级硕士研究生,英语语言文学方向。

王晓利,内蒙古工业大学外国语学院副教授,硕士生导师。比较文化学专业英语语言文学方向。通讯作者。

注释:

①朱立元.当代西方文艺理论[M].上海:华东师范大学出版社,2014:363.

②朱刚.二十世纪西方文论[M].北京:北京大学出版社,2006:479.

③石黑一雄著,陈晓蔚译.上海孤儿[M].南京:译林出版社,2002:5,85,164,166,56,110,57,5,31,110,157,78,262,264.

④梅丽.作家创作过程中的"他异性"身份构建——以石黑一雄为例[J].北京社会科学,2016,(2):3.

⑤陈言.石黑一雄访谈录[J].当代外国文学,2005,(4):136.

⑥博埃默,著.殖民与后殖民文学[M].盛宁,韩敏中,译.沈阳:辽宁教育出版社,1998:57.

⑦于云玲.《当我们是孤儿》中身份的追寻和定位[J].学术交流,2009,(11):3.

⑧巴特穆尔-吉尔伯特.后殖民理论——语境实践政治[M].南京:南京大学出版社,2001:110.

参考文献:

[1]朱立元.当代西方文艺理论[M].上海:华东师范大学出版社,2014.

[2]朱刚.二十世纪西方文论[M].北京:北京大学出版社,2006.

[3]石黑一雄,著.上海孤儿[M].陈晓蔚,译.南京:译林出版社,2002.

[4]梅丽.作家创作过程中的"他异性"身份构建——以石黑一雄为例[J].北京社会科学,2016,(2).

[5]陈言.石黑一雄访谈录[J].当代外国文学,2005,(4).

[6]博埃默,著.盛宁,韩敏中,译.殖民与后殖民文学[M].沈阳:辽宁教育出版社,1998.

[7]于云玲.《当我们是孤儿》中身份的追寻和定位[J].学术交流,2009,(11).

[8]巴特·穆尔－吉尔伯特.后殖民理论:语境、实践、政治[M].南京:南京大学出版社,2001.

《迈克尔·K 的生活和时代》的叙述视角分析

冯　洁

（内蒙古工业大学外国语学院，内蒙古呼和浩特 010080）

摘要：库切的小说在叙述技巧方面有别于传统小说，具有很强的实验性。在《迈克尔·K 的生活和时代》中，他采用了多重叙述视角相结合的方式，使小说具有了特殊的审美效果，受到了世界文坛的瞩目。

关键词：《迈克尔·K 的生活和时代》；叙述视角；库切

J. M. 库切（J. M. Coetzee，1940－）是当代南非著名小说家，在世界文坛享有盛誉。几乎每一部作品问世，都会在文坛掀起波澜，并最终捧得大奖。如此的成就与其独特的创作技法是分不开的，体现在叙事方面则是多样的，具有实验性的叙述技巧。经文献检索发现，目前关于其叙述技巧的研究集中于《耻》《等待野蛮人》及《伊丽莎白·科斯特洛：八堂课》几部作品。针对为其第一次获得布克奖（Booker Prize）的《迈克尔·K 的生活和时代》的叙述技巧鲜有专门的研究。本文拟从这部作品的叙述视角及相应的审美效果方面着手，深入解读其独特的创作风格。

一、叙述视角

叙述视角"是一部作品、或一个文本，看世界的特殊眼光和角度。"[1]作者通过特定的角度将其体验并感悟的世界转化成语言传达给读者；同时，读者通过作者设置的特定的视角进入故事，完成与作者的交流。它把谁在看，在看谁，看者与被看者的态度，及作者要给读者提供何种视野等问题联结在一起。因此，叙述视角是叙事策略的一个重要部分，是现代文学研究中一个颇受重视的领域。

叙述视角主要由叙述人称决定，分为第一人称叙述视角和第三人称叙述视角。

采用第一人称叙事的小说,叙述者是小说中的人物,他兼有叙述者和参与者的双重身份。第一人称的视角容易使读者产生身临其境的感觉,但又是有限的,即只能叙述"我"的所见、所闻和所思。采用第三人称叙事的小说,叙述者不是以参与者的立场,而是以旁观者的立场进行叙事,是全知全能的。在普通的全知叙述中,读者一般通过叙述者的眼光来观察故事世界,包括人物的内心想法,"但在二十世纪初以来的第三人称叙述的小说中,叙述者常常放弃全知全能的眼光而转用故事中主要人物的眼光来叙事",[2]因此,又被称为第三人称"人物有限视角"[3]。库切在《迈克尔·K的生活和时代》这部作品中结合了以上几种叙述视角,显示出了很强的实验色彩。小说共分三章,其中第一章和第三章采用了第三人称叙述视角;第二章则采用了正在经历事件的"我"的第一人称叙述视角。

二、第三人称叙述视角

《迈克尔·K的生活和时代》的情节比较简单,讲述了二十世纪七十年代末、八十年代初,在饱受战争蹂躏的南非,一个天生残疾、智力低下,但心地纯朴的中年男子迈克尔·K为了躲避战乱,带着生病的母亲离开大城市开普敦,前往母亲童年生活过的村庄,希望能在那里过上安定的生活。但踏上旅途不久,母亲就由于不堪忍受颠沛流离的生活而病逝了。于是K只能带上母亲的骨灰继续前行。在途中,他先是遭到士兵的打劫,失去了仅有的财产;接着,因为身无分文、没有证件被警察抓入营地充当无报酬的劳工;为了摆脱身体和精神上的折磨,他设法逃入荒山,将生存的需要降到最低,过上了自给自足的生活,却被巡查的军队认为是游击队的支持者抓了起来,由于身体极度虚弱,K被送进了监狱的医院。在医院里,一个医生给予K细心的照顾。然而即便如此,他仍然渴望自由,一个夜晚,奄奄一息的K竟奇迹般地逃离了医院,并最终回到了开普敦,回到了曾经和母亲居住过的饭店的储藏室。

在故事的开始,作者采用了传统的全知视角,使叙述者与人物保持了一定的距离,因此叙述的内容就具有了任何其他人称叙述视角都无法达到的权威性、客观性和可信性;同时,传统的全知视角让叙述者成了无所不在、无所不知的"上帝",作者因此获得了最大的自由,可以完全根据主题和审美的需要选择叙述内容。小说中,叙述者并没有长时间地勾勒"战争时代"的画面,而是选择了发生在城里的一场骚乱,在短短两页之内把故事和一个充满战争的时代联结在了一起;介绍人物时,叙述者运用简历的方式,讲述了人物从出生到准备离开开普敦之前三十一年的生活,于是读者在很短的时间内对人物的基本情况有了一个清楚的了解。当然,叙述者追求的并不是一味的简洁,在介绍人物的相貌特征时,对他的兔唇做了非常细致的描述——这个相貌特征直接影响了 K 的行为、性格乃至人生。全知的视角使叙述者更加贴近作者,所叙述的内容更具有个性色彩。然而,传统的全知叙述在给予作者自由空间的同时,极大地限制了读者思考和判断的自由,并且损害了作品的戏剧性。于是,在母亲去世后,故事沿着 K 的行踪继续发展时,为了更具逼真的艺术效果,给读者更多的思考和想象的空间,作者采用了第三人称人物有限视角,即直接让读者通过 K 的视角观察他所生活的环境及其中的人和事。透过 K 的视角,读者更真切地看到了医院的冷漠:母亲被送入医院后,只是躺在一个平台床上,"鼻子上插着一根橡胶管,已经失去了知觉,置身在一片平台床的汪洋大海之中。"[4]当他去恳求医生看看生命垂危的母亲时,得到的只是呵斥:"这些人都等着要人照顾。我们一天工作二十四个小时照顾他们。……我只是一个人,不是两个,不是三个——是一个。"[5]而在母亲由于没有得到及时的治疗死去后,医院却告诉 K:"我们千方百计要挽救她的生命,但是她的身体太弱了。"[6]这些对话向读者展示了没有话语权的弱势群体在少数人树立规范的"文明世界"中的真实处境。透过 K 的视角,作者向读者展示了乡间、公路、营地和荒山的不同场景。在路上,K 遭到士兵的抢劫时问到:"你认为这场战争是为什么?是为了拿走别人的钱吗?"[7]这既是 K 的疑问,也是他所代表的弱势群体的疑问。作者在故事中并没有给出答案,人物限制的视角给读者留下了充分的解读空间。公路上的旅行总是让 K 很紧张,尽量在远离公路的地方行走。然而,进入乡村后,K 发现在乡间穿行更加安静、悠闲,有了安全感:"我能够在这里永远生活下去,也许直到我死去。"[8]当 K 被抓入营地后,作者不仅运用他的视角,同时还选择了营地中具有代表性的其他人物的视角,如营地的看守,失业后带着一家人在营地生活的罗伯特,从多个角度展示了营地的真实面貌。这种暂时性的从一到多的转换,避免了单一视角的片面和刻板,并且通过多个视角之间的差异,形成了一定的张力,增加了读者对故事做更深入的探索的兴趣。之后,K 逃离了营地,进入了人迹罕至的荒山,开始了几乎原始的生活:他用石头在山的裂缝间给自己搭了一个棚子;用最原始的方法种植南瓜;在庄稼没有成熟时,靠吃昆虫的卵为生;为了不被人发现,决定昼伏夜出。作者再一次回到了 K 的视角,并运用了意识流的写法,潜入人物的心理层面。在一个人的世界里,K 放飞思想的翅膀,读者也最大限度地贴近了人物的内心世界。

作者通过对传统的全知视角的运用及革新,娴熟地调控着自身与叙述者、人物及读者之间的距离;通过人物成功地传达思想的同时,又给读者提供了深入接触人物的机会。传统的全知视角,赋予作者在情节设置和思想表达方面极大的自由,从而加强了作品的个性化色彩;人物限知的视角又给作品造成了知与不知、真实与虚幻的联想空间,既增强了作品的戏剧性,又维护了读者主动探索和解释的权力。

三、第一人称叙述视角

《迈克尔·K 的生活和时代》进入第二章后,作者突然笔锋一转,从第三人称视角转向了监狱医院 75 中的一名医生的第一人称视角。这个急转弯打乱了读者基于传统叙事结构所产生的期待。读者有如忽坠云端,不知所措,必须调动一切已有的知识和经验以求解读作品。

第二章共由 23 个片段组成,松散地联结在一起。每个片段并无必然的起承转合关系,仅仅是情节上的相互照应,记录了"我"的所见、所闻和所想。读者通过营地医生的视角观察迈克尔·K。"病房里有一个新病人,一个小老头,他在体能训练过程中摔倒了,被送进来的时候呼吸和心跳都很弱。他身上有各种长期营养不良的迹象:他的皮肤皱裂,手脚上有溃疡,牙龈流血。他的各个关节支棱着,体重不到四十公斤。"[9]这段话描述了"我"所看到的处于生命边缘的 K,也让读者从他人的角度更客观地看到了 K。"我"作为"文明"的施予者,任务是让更多的人接受文明的洗礼:教他们唱歌、整理个人卫生、学习尊老爱幼,从而变成"纯洁的新人"[10]。然而当"我"看到 K,跟他简单地交谈之后,对权威的声音产生了质疑:"有人居然设想他为暴动者经营一个补给站,这个人的脑子肯定是糊涂了。"[11]并由此对整个的"文明事业"产生了极大的怀疑:"我们中有任何人相信我们在这里正在做的事情吗? 我怀疑。"[12]之后,"我"与 K 的进一步接触不断地动摇着"我"的立场:K 拒绝少数人用权力话语解读自己,因此在询问中总是保持沉默,于是,"我"恳求上司免除了对他的逼问,并且编造了一个假的口供应付警察;K 拒绝吃营地的食物,为了让 K 活下去,"我"又劝上司释放他。不仅如此,在审视人的同时,"我"也在审视自己,由此发现了文明背后的真相:"为了拯救他们的灵魂,他们有一个唱诗班和一个牧师(这里从来不缺少牧师),为了拯救他们的肉体,有一个医务官。这样他们就什么都不缺了。在几个星期以后,他们就会被确认具有了纯洁的心灵和勤劳的双手,通过了检验,然后就会有另外六百张新的面孔走进训练营。"[13]从这段话中,读者能够听到一种来自"我"对自身、对"我们"的"事业"的深刻的讽刺。"我"已经意识到少数人的文明带来的残酷的后果,于是试图从中解脱出来:"也许现在是退出这个营垒的好时机,……也许我们俩应该模仿迈克尔斯,踏上旅途,到乡下一个更和平宁静的地方去……"[14]"我"在充当"文明世界"的叙述者时,兼具了其他身份,即权力的反对者和同谋者,于是,叙述过程中充满了"语言、意识形态的游离和焦虑"[15]。

作为一名监狱的医生,"我"的视角使 K 的生存境遇及时代的画面显示出了浓重的真实感,把少数人为私利展开的"文明化"进程与受到"文明"桎梏而走向荒野,最终几至走向生命边缘的迈克尔·K 的境遇紧密地联结在一起,使作品具有了深刻的反讽意味和社会哲学的深度。同时,第一人称由于受到视角的限制,为文本造成了大量的悬念:K 最终是如何逃跑的;"我"究竟会选择什么样的生活;"文明"进程的未来如何……这些问题都要求读者积极地投入阐释过程,做出自己的判断。

四、结语

在整篇故事的叙述当中,库切采用了第三人称全知、限知和第一人称限知的多重视角,打破了传统历史叙事的统一声音,使得叙事更具张力。全知、限知视角的结合,赋予作者极大的自由,能够有效地驾驭作品,得以在简短的篇幅(221 页)中体现了具有丰富内涵的主题,表达了对人与社会、历史的关系的深刻思考;同时,又给文本造成了大量的意义上的空白,由此产生的悬念不仅增加了作品的戏剧性,也给读者留下了充分解读的空间,极大地调动了读者的想象力和创造力。《迈克尔·K 的生活和时代》一经发表,就备受关注,在出版当年即摘取英国文学最高奖项"布克奖"(Booker Prize),同年入选《纽约时报书评》的编辑推荐书目,成为一部享誉世界的文学佳作,这样的成就与作者在叙述方面体现出的独特性是分不开的。

作者简介:

冯洁,内蒙古工业大学外国语学院副教授,硕士生导师。研究方向为英语语言文学及英语语言教学。

基金项目:本论文属内蒙古工业大学校级科研项目"J. M. Coetzee 小说的叙事策略研究"的成果(项目编号:sk201024)。

参考文献

[1]杨义.中国叙事学[M].北京:人民出版社,1997.190.

[2][3]申丹.叙述学与小说文体学研究[M].北京:北京大学出版社,1998. 222,223.

[4][5][6][7][8][9][10][11][12][13][14]J. M.库切.迈克尔·K 的生活和

时代[M].邹海仑,译.杭州:浙江文艺出版社,2004.33,33,37,45,57,157,163,158,162,175,196.

[15]高文惠.边缘处境中的自由演说:J.M.库切与压迫性权威的对抗[J].外国文学研究,2007(2):156.

论《迈克尔·K 的生活和时代》的寓言式表现手法

冯洁　　王理

（内蒙古工业大学外国语学院，内蒙古呼和浩特 010080）

摘要：库切的作品《迈克尔·K 的生活和时代》是一部具有明显寓言式写作特征的杰作，透过寓言化的主题、叙事结构和怪诞的想象，借助一个小人物的生存境遇，展现了南非种族歧视、种族隔离日益激化的背景下的时代画面，让读者听到了最难以辨认，却最真实的声音。

关键词：寓言式表现手法；主题；叙事结构；想象

寓言是一种历史悠久的文学体裁，常带有讽刺或劝诫的性质。陈蒲清在《世界寓言通论》中给寓言下了这样的定义："一般叙事作品（小说、故事、叙事诗等）的主题思想直接从作品的形象和情节中反映出来，言在此而意在此；寓言则是言在此而意在彼，说的是甲事指的是乙事，说的是动物指的是人类，说的是历史指的是现实。"[1]正是由于寓言具有言此及彼、言史及今的特点，进入二十世纪后，寓言式的手法走进了小说创作领域，并成为现代小说的一个重要特点。现代小说艺术大师奥地利作家卡夫卡（Franz Kafka）被公认为二十世纪采用寓言式创作手法的代表作家，其寓言化的经典作品有《变形记》、《判决》、《城堡》等。与卡夫卡相似，库切的小说创作也具有明显的寓言性。通过文献检索发现，国内关于其小说的寓言性特征的研究主要集中在《耻》和《等待野蛮人》两部作品，而就其早期作品《迈克尔·K 的生活和时代》的寓言性特征，尚未有深入系统的分析。本文拟从主题、叙事结构及想象力三个方面探讨《迈克尔·K 的生活和时代》的寓言式表现手法。

库切（J. M. Coetzee, 1940—）是当代南非著名小说家，在世界文坛享有盛誉，2003 年荣膺诺贝尔文学奖。从 1974 年发表了第一部小说《幽暗之乡》（Dusk-

lands)，迄今已有 10 多部作品问世。他的第四部小说《迈克尔·K 的生活和时代》
(*The Life and Time of MichaelK*，1983)在出版当年即摘取英国文学最高奖项
"布克奖"(Booker Prize)，同年入选《约时报书评》的编辑推荐书目。在库切的多部
作品中，《迈克尔·K 的生活和时代》所以值得关注，主要是它具备了新时期小说
经典的一些基本特征，体现了库切的主要作品所共有的艺术风格，寓言式的表现手
法就是一个显著的特征。

一、寓言化的主题

寓言是用来喻示道理和概括经验的，这个道理或经验也就是寓言的主题思想。
而寓言化的主题也是寓言最根本的特征，小说的寓言化也不例外：围绕某个特定的
寓言化主题展开情节(多种可能和变化)，但所有这些可能和变化最终又回到特定
的主题——通常是某种难以改变的结果或命运。《迈克尔·K 的生活和时代》通
过描写一个社会中最卑微的小人物的生活，发起对战争、文明与野蛮之间的关系的
思考。故事以旨在"消灭野蛮，引入文明"的战争为背景，描述天生兔唇、智力低下
但心地善良的迈克尔·K 想要带着母亲回到她童年时生活过的乡村——艾尔伯
特王子城，寻找一片乱世之外的安宁的过程。迈克尔没有父亲，也没有朋友，母亲
是他在这个世界上唯一的慰藉。不幸的是他们的旅途刚刚开始，母亲就由于重病
不得不住进了医院，然而，正是在象征"文明"的医院里，迈克尔失去了他在世上最
后的慰藉，得到的只是一个装有母亲骨灰的盒子和护士的冷漠，从此成了一个孤零
零的个体，并一步步沦为一个被关入"营地"的流浪者。"文明"的缔造者们以规范
的制定者和遵从者的面目出现，对他肆意妄为，而他却卑微地像"一块石头，一块鹅
卵石，从盘古开天辟地的时候就躺在那里默默地想自己的事情，现在突然被人捡起
来，随意从一只手倒到另一只手。"[2]迈克尔一心想着在荒野撒遍各种各样的种子，
却在政府、军队、医院、营地这些代表"文明"的势力的压迫和驱赶下，失去了家庭、
身份、话语，陷入了被关入和逃离"营地"的命运中。从开普敦到乡村，然后是废弃
的农场，再到深山，他的生存空间愈来愈窄，生存的需要也愈来愈卑微，即便如此，
仍然逃脱不了受他人掌控的命运，于是为了保持作为人的最后的一点点尊严，他以
绝食为武器与外界的各种压迫抗争。在第二章中，"我"回到病房，坐在迈克尔的床
边长期等待的时候，他睁开了眼睛说道："我并不是要死，我不能吃这里的饭食，仅
此而已。我吃不下营地的饭食。"[3]在小说的结尾部分，迈克尔又回到了开普敦，回
到了他与母亲曾经栖身的"蓝色海岸饭店"的杂物间，躺在硬纸板上的他还在想着：
"走出营地，同时走出所有的营地。对于这个时代，也许这足以构成一种成就。现

在还剩下多少人没有遭到关押或者软禁？我已经逃离了那些营地；也许如果我躺的位置足够低，我也能逃过人们的博爱。"[4]《迈克尔·K 的生活和时代》是一个关于文明和野蛮的寓言，迈克尔出发去寻找一种"文明的生活"，然而，却一步步走向了野蛮。"医院"、"营地"。迈克尔为了寻找自由走过的"路"，都具有深刻寓意——它们共同代表了"文明"的集体力量；它们是"文明"的产物，却对迈克尔的身体和精神造成了几乎是致命的摧残，没有自由的文明只能走向野蛮，成为自由和人性的枷锁，相反，人迹罕至的荒山却是自由的天堂。故事的结尾强化了小说的寓言主题：一切又似乎回到了起点，"走出所有的营地""逃过人们的博爱"只能是入睡前用来安慰自己的梦想罢了。

二、寓言式的叙事结构

小说不仅采用了寓言化的主题，同时运用了寓言式的叙事结构展开故事。这种"寓言式的叙事结构"主要体现在两个方面：一是小说的情节设置充分体现了寓言的特点——简单，并不乏荒诞离奇。故事往往不着眼于真实性，而是追求整体的寓意。为了达到这种效果，在情节上不求与现实对应；二是故事情节的发展呈现出一定的时间连续和因果关系。

从作品的题目来看，作者似乎要从时代的角度创作一部宏大的叙事作品。但读过故事之后发现，情节非常简单。全文共分为三章。第一章共 156 页，包含了几乎所有的故事——从迈克尔出生到他一次次被关入营地；第二章共 48 页，从一个医生的视角描述了迈克尔在营地医院的状况以及他成功地再一次逃跑；第三章共 17 页，完成了故事的结局，迈克尔又回到了开普敦"蓝色海岸饭店"的那个杂物间，躺在硬纸板上辗转反侧。文章在 221 页的篇幅之内讲述了迈克尔 32 年的生活和他所生活的时代，看来有些不可思议，在文中作者无意详细刻画一个充满战争的时代，仅仅是偶尔提及关于战争的话题。故事开始之前，作者写到："战争是万众之父。有时他显身为神，有时显身为人。有时他造就奴隶无数，有时却造就自由解放的人群。"故事开始之后，用两页的篇幅集中地描写了战争导致开普敦出现了混乱的局面，迈克尔和母亲深信"真正的战争已经来到了海角，他们躲不过去了"，[5]于是决定踏上去艾尔伯特王子城的路途，寻找一个和平安宁的地方。此后，作者没有对战争再做正面描写，只是偶尔提及，如迈克尔在遭士兵抢劫时，问到："你认为这场战争是为什么？是为了拿走别人的钱吗？"[6]随着情节的发展，一些零星的词语如"士兵"、"武装押运的车队"、"游击队"等把小说与战争联系起来，使读者意识到战争、时代与迈克尔的生活遭遇的因果关系。作者舍弃战争的滚滚硝烟和隆隆炮声而着重描写一个几乎失去话语的卑微的小人物的生活,正是努力让人们听到"最难以辨认的声音"——"很容易被我们的听觉所触及并吸收的声音往往是最没有价值的,而那些最难以辨认的声音才具有意义。"[7]小说通过简洁的情节塑造了寓意丰富的主题,对个人与历史、文明与野蛮的关系进行了深刻的反思。

作品在结构上的另一个特点则是情节发展所体现的时间和因果的顺序连续。故事的背景是在二十世纪七十年代末八十年代初饱受战争蹂躏的南非。天生兔唇,智力低下但心地善良的迈克尔·K,由于在开普敦无法安定的生活下去,决定带着母亲前往她童年生活过的乡村,寻找乱世之外的安宁。但是颠沛的旅途生活致使母亲在半路上不幸去世,从此只剩自己一个人面对混乱的世界。他被政府抢劫,失去了仅有的财产;因为身无分文,又没有证件,被警察抓去充当无报酬的劳工;为了自由和尊严,他逃入了一个废弃的农场,却又受到之后赶到的农场主的逃兵孙子的役使,迫使他再度露宿街头,被巡警抓入难民营;他再一次逃入山中,几至饿死,又重返农场,通过种植蔬菜希望过一种自给自足的生活,却被巡查的军队认作是游击队的支持者扣押,后因身体极度虚弱住进了监狱的医院,在一位医生的照顾和同情之下,再一次逃跑,回到了开普敦,心里依旧怀着自由的梦想:"在每一个兜里放上不同纸袋的种子,……种在大草原上绵延几英里的许多地块上,……这样我每天夜里都可以进行一次到各个地块的旅行,给它们浇水。因为,如果说我在乡下有什么发现的话,那就是总是有足够的时间做想做的每一件事。"[8]这部作品通过迈克尔一系列的遭遇揭示了权力话语与弱势群体的关系:没有话语权就只能弱势,连做人起码的权利都无法保障;权力之下的文明只是少数人的文明,只会导致更多的人陷入野蛮的生存状态。

三、怪诞的想象

寓言的另一个显著特点是丰富怪诞的想象。通过神奇甚至怪异的想象力创造令人震撼的审美效果,达到影射现实的目的。如塞万提斯(M. D. Cervantes)的《堂·吉诃德》中离奇的故事情节其实都是对当时社会现象的无情鞭挞。卡夫卡的《变形记》中的主人公在一夜之间由人变成了一只甲虫,揭露了现代社会对人的悲剧性异化。《迈克尔·K的生活和时代》同样通过想象获得了特殊的审美效果。透过极其瘦弱的外表,医生发现,迈克尔具有一种神奇的力量,是一块"从盘古开天辟地的时候"[9]就存在的"坚硬的小石头"[9],"穿过了那些学校、营地、医院和天知道什么别的地方。穿过了战争的肠道。"[9]在迈克尔自己看来,他是"一只生活在水泥地上的鼹鼠或蚯蚓。"[10]在迈克尔的梦中,他与母亲走在山间,……到处都既没有道路也没有房屋;空气是静止的。"[11] 即使走到了悬崖边上,也毫无恐惧,"他知道自己会凌空飞翔。"[12] 所有这些想象都紧扣了迈克尔现实的生存景观、状况和心理。现实环境中一切和"文明"有关的事物,即使是"音乐",都让他局促不安。他渴望逃离人们的视线,能像鼹鼠或蚯蚓一样生活在地下。关于迈克尔所受的劫难,作者没有给予过多的怜悯,而是采用了一种比较客观、冷静的态度,以不求"形似"的艺术手法,达到了"神似"的艺术目的。他的描述是形而下的,却显示了形而上的深刻含义:像迈克尔这样"一只最弱的小鸭子或者瘦弱的小猫崽"[13]"从上身扒光一直到腰部,活像一具骨头架子"[14] 的人竟然能穿越重重劫难,顽强地生存于天地之间,他用生存表现了生命的伟大——生命是神奇的、不可战胜的,愈是卑微的生命愈如此。

四、结语

库切在《迈克尔·K 的生活和时代》这部作品中,运用质朴而简洁的语言,讲述了一个精彩的寓言故事,让读者听到了最难以辨认,却最真实的声音。库切接受了卡夫卡关于文学创作的观点:"客观现实强烈多变,神奇莫测,没有谁能够成功地对付它,把握它,只有经过抽象,对合理的传统格式重新加以研究和诠释,艺术家才有可能制服这个纷繁复杂的现实。"[15] 库切的多部作品都具有浓郁的寓言色彩,是因为寓言式的表现手法能把现实与非现实、合理与悖理、离奇荒诞的现象和真实的本质更好地结合起来,更准确地传达出他对南非以及世界的复杂感受。

作者简介:

冯洁,内蒙古工业大学外国语学院副教授,硕士生导师。研究方向为英语语言文学及英语语言教学;

王理,内蒙古工业大学外国语学院副教授,研究方向为应用语言学及英美文学。

基金项目:本论文属内蒙古工业大学校级科研项目"J. M. Coetzee 小说的叙事策略研究"的成果(项目编号:sk201024)。

参考文献:

[1]陈蒲清.世界寓言通论[M].长沙:湖南教育出版社,1990.8.
[2][3][4][5][6][8][9][10][11][12][13][14]〈南非〉J. M.库切.迈克尔·

K 的生活和时代[M].邹海仑,译.杭州:浙江文艺出版社,2004.164,178,219,14,45,220,164,218,146,147,173,175.

    [7]格非.小说叙事研究[M].北京：清华大学出版社,2002.134.

    [15]杨小岩.论卡夫卡的创作艺术风格[J].江汉论坛,2004(03):112—113.

"家"的建构和重建:《家》中人物身份的追寻

陈海楠,冯 洁

(内蒙古工业大学外国语学院,内蒙古呼和浩特 010080)

摘要:《家》是托尼·莫里森的第十部短篇小说。本文通过分析小说主人公弗兰克构建"家"的过程,探寻了非裔美国人的身份追寻之旅。弗兰克遭遇"非家幻觉"、试图打破"非家幻觉"以及最终驱散"非家幻觉"的过程表明了非裔美国人只有找到自己的"家园",并根植到自己本民族的文化传统中去,才能实现最终精神的重生和自我的成长。

关键词:建构;重建;身份追寻;《家》;非裔美国人

托尼·莫里森是当代杰出的美国非裔女作家之一。2012 年,她的第十本小说《家》一经问世就引起了海内外学者的关注。从她的处女作《最蓝的眼睛》到 2008 年的《慈悲》,莫里森无不把"家"视作其小说创作的重心,对莫里森小说的理解也离不开家的建构、解构和重构的过程。[1]17

这部小说讲的是 20 世纪 50 年代,主人公弗兰克经历了离家、寻家、归家的故事。年幼时,弗兰克一家因搬迁令被迫搬到一个陌生的地方,曾经被杀戮、被驱赶的经历使他满怀着恐惧和不安,试图通过参军摆脱恐惧。然而,战争带给他的却只有肉体和精神的新的打击。他带着创伤踏上了拯救妹妹的旅途。从美国西北喧嚣的城市到南方平淡安宁的家乡小镇,弗兰克在救妹妹的途中的所见所闻,让他充分体会到了世间冷暖。弗兰克从白人医生家里把妹妹救出之后回到故乡,在自己的努力和黑人同胞的帮助下,走出阴霾,历练成长,建立家园。在小说的最后,弗兰克终于建立了属于自己的家园,找到了真正的自我。本文将从弗兰克构建与重建家园这条线索入手,分析他在构建家园的同时对于自我的追寻、认识与提升。

一、"家园"建构的失败——遭遇"非家幻觉"

"家"是"神圣的地方","是人类向往的乐园"[2]7。对于被迫远离故土的美国黑人来说,被"移置"的境遇使他们始终感到漂泊无根,无法放弃回家的梦想,"寻家的热望就像他们体内流淌的血液一样滚涌向前"[2]2。无论何时,无论身在何处,"家"始终是他们魂牵梦萦的地方。后殖民理论家霍米·巴巴借用弗洛伊德的暗恐理论,提出了"非家幻觉"(homeliness)理论。"非家幻觉"是"家和世界位置对调时的陌生感",或者说是"在跨越地域、跨越文化时期的一种状态"[3]。巴巴用"非家幻觉"描述离散族裔跨越文化、跨越时空情景下的心理状态———突如其来、无所适从的陌生、恐惧感,这种惊恐似乎又可以追溯至当事人成长过程中的某段心理体验,是一种反复出现、深入身体和心理的不适和忧惧,这是离散个体离开家园、飘零在外的心理写照。这种"非家幻觉"的经历正是小说主人公弗兰克心理状态的真实写照。

在《家》中,主人公弗兰克一家因搬迁令被迫搬离班德拉县,"不管你住在你自己的房子里多少年,也不管有没有肩章,只要有枪,人们就可以强迫着你,你全家,你的邻居收拾包袱滚蛋,管你有鞋还是没鞋。""二十四小时,他们被告知,否则……""否则就意味着死亡。"[4]9 不愿离开家的老人克劳福德在自家的阳台上被鞭打致死,死前还被剜出了双眼。这些经历对年仅四岁的弗兰克的内心造成了极大的伤害。弗洛伊德认为,恐惧不安因素一旦出现,就会形成心理历史。弗兰克关于家的记忆一开始就与被杀戮、被驱赶相关联,恐惧和不安不断侵袭他的内心,所以他很难建立起积极的家园概念。弗兰克一家搬到莲花镇后,寄居在后祖母家。父母一天到晚都在工作,他们不会知道祖母在弗兰克的早餐麦片里倒的不是牛奶而是水,也不会知道由于祖母的警告,孩子们为腿上的伤痕和红肿撒谎。[4]41 就连弗兰克的祖父也对此保持沉默,因为他怕惹恼祖母,使得祖母像他前两个老婆那样离开他。拥挤的房子里的不适日益增加,妹妹茜和父母睡在地板上,弗兰克不得不睡在木头秋千上,祖母的怨恨也与日俱增。祖母的刻薄和祖父的冷漠令他无所适从。祖母的房子里充斥着冰冷与冷漠、折磨与不堪,充分体现了弗兰克飘零在外的心理状态。于是他通过参军逃离了莲花镇,希望去外面的世界实现自我的价值。

在小说中,所有关于战争的场面都是通过片段式的回忆展现的:战友受伤时残缺的身体,惨死时痛苦的表情,以及那个被他杀死的朝鲜女孩……而战后弗兰克除了一枚作战勋章和战争带来的创伤,一无所有。在海外为美国效忠的黑人士兵回归故土后,并没有得到善待,仍然在社会的方方面面遭到歧视与压迫。弗兰克想要通过参军实现自我的愿望破灭了。离开军队后,弗兰克认识了女友莉莉,他们相识后住在一起的日子起初是美妙的。然而莉莉发现弗兰克时常"一人呆坐在沙发上,一脚穿着袜子,一手拿着袜子",或者是"每天什么都不做,只是紧张地瞪着地毯"[4]75。他在聚会上看到一个小女孩伸过手时突然情绪失控,在睡梦中因幻听到扳机扣动的声音而突然惊醒。战争中那些令人折磨的记忆如影随形,让他痛苦不安。弗洛伊德认为,"压抑的复现是暗恐的两大特征之一。无意识中的压抑,在特定条件下会被唤醒,以不知觉的方式复现。"[5]朝鲜小女孩的样子和扳机扣动的声音一直被弗兰克在无意识中压抑着,当他看到向他伸手的小姑娘、看完犯罪电影进入梦乡时,这种压抑就会被唤醒。这样的感受莉莉无法得知,也无法理解,这使得他和莉莉的距离越来越远。生活经历的不同注定他们无法继续携手共同走下去,弗兰克想要通过与莉莉结合找到家的想法破灭。在接到妹妹重病的消息之后,弗兰克踏上了拯救妹妹同时拯救自己灵魂的回归之旅。

离开莉莉家的弗兰克尽管背负着拯救妹妹的使命,但他仍旧处于无法抑制的焦虑之中。负面情绪是暗恐的又一大特征。过去的压抑,以焦虑不安等负面情绪为复现的形式。正如塞托所说,这种过去会"再咬一口",而且是"秘密地、重复地咬"。[6]弗兰克无法摆脱焦虑情绪,只能依靠酒精和愤怒来发泄。于是他酗酒、打架,直至被关进精神病院。如果不是陌生人来信告知妹妹的困境,他也许就在梦魇与幻境中度过余生。

二、"家园"重构的尝试——试图打破"非家幻觉"

从美国西北喧嚣的城市中的精神病院逃离,到南方平淡安宁的家乡小镇,弗兰克在救妹妹的途中的所见所闻,让他充分体会到了世间冷暖,认识到了白人文化为主流的美国社会的不友好。弗洛伊德认为,"非家幻觉"所带来的恐惧不安不仅存在于个人,也存在于文化[5]111。20世纪50年代的美国,白人对黑人的暴力依然横行。虽然如今的美国在法律上"人人平等",但事实上黑人仍处于被否认、被排斥的境地,而被否认、被排斥的现实已经内化为黑人的一种群体心理状态。火车上一名黑人乘客想要趁车靠站买咖啡,却无缘无故遭到白人的一顿殴打;黑人工人的儿子比利刚刚八岁,只因在街上玩玩具枪,被警察用真枪打残了一只胳膊;光天化日之下,弗兰克和三个黑人遭到警察的无辜搜身,弗兰克因把钱藏在鞋里而躲过一劫。如同其他黑人同胞一样,他被动接受着。在回佐治亚的旅途中,弗兰克只因在一旁看他人争斗而被谩骂和殴打。但与之前经历不同的是,弗兰克并没有继续忍气吞声,被动接受,而是选择用拳头彻底摧毁了这个大块头男人的嚣张气焰。弗兰克逃离莲花镇的行为给妹妹带来很大的心理创伤,导致了她后来的痛苦经历。但弗兰克始终爱着妹妹,并一直因为没能保护好她而懊悔。在亲眼目睹两个女人打架而男人袖手旁观时,弗兰克想到妹妹与她们一样处于弱势,他一直以来被掩盖的男子气概爆发出来,选择用武力解决问题。另一方面,弗兰克因为救妹妹而产生的巨大心理压力无处释放,只有通过暴力手段释放出来。直到这时,弗兰克不再作为一个被动接受者,而是主动出击,用自己的行动捍卫了作为一个男人应有的尊严。这种快感让他品尝到胜利的滋味,也将他一直以来被战争的创伤掩盖了的男子气概唤醒了,这种男子气概驱使他作为一个独立的个体去主动驱逐"非家幻觉"。正如他所说,这桩暴力行为带来的快感和它的对象无关。从而使他不顾一切冲进白人医生家里救走妹妹。

如果说暴力手段让弗兰克找回了一直以来被掩盖的男子气概,那使用非暴力手段将妹妹救出则让弗兰克彻底复苏了自信。弗兰克在进入医生家之前内心复杂,"暴力和警觉的念头交替着掠过他的脑海。他不知道找到茜后他会怎么做。"[4]112但当他鼓足勇气、敲开医生家后门时,他让白人医生看到的却是他安静平和的面孔,让医生觉得他是一个不好对付的人。弗兰克在女佣的帮助下成功救出了妹妹,并且从医生家的前门光明正大地走出去。这时的弗兰克已经意识到暴力并不是解决问题的唯一方式。面对医生的持枪恐吓,他冷静地控制情绪,没有诉诸暴力。他意识到作为一个有男子气概且可以自控的人应该拥有的成熟与自信。作为哥哥,他有责任将一直以来依赖他的妹妹救出,这一行为表示弗兰克已经开始用非暴力手段对美国白人奋起反抗,也表现出他作为一个独立思考的人用理智的方式去主动打破"非家幻觉"。

《家园》这部作品中,弗兰克·莫尼在拯救妹妹茜回归家园的过程,不仅是他家园的建构和重建,也是他自我追寻的过程,这体现在他自我认识和自我提升两个过程。

三、"家园"重构的成功——驱散"非家幻觉"

弗兰克在救助妹妹的过程中,感觉到自己像个男子汉。回归故土后,他开始修葺房屋、从事生产,准备开始新的生活。如果说把妹妹从邪恶的医生手中救出,让弗兰克找回了自信,那么帮助妹妹恢复身体健康的黑人妇女,则给了弗兰克家园般的安全感。弗兰克开始迷恋上家乡的美好和安宁。他站在自从离家就没有踏过的土路上,感觉到这里比记忆中更加明亮。村子里的人们对陌生人很大方,甚至对逃犯更好。但年少的弗兰克却没有意识到这些。离乡前,他的脑海中充斥着恐惧和不安,曾经被杀戮、被驱赶的经历让他很难建立起家的概念,因此忽略了一直以来村子里人们的善良和友好。在经历过人间冷暖、生活的艰辛之后,他开始意识到在与黑人群体一起生活时从未有过的轻松和愉快,开始获得一种归属感。虽然"这种安全和亲切的感觉夸张了,但它的滋味却是真实的。"[4]122"霍米·巴巴对'家'一词认真地游戏了一番,说离家者正是因为有'非家幻觉'的伴随,所以并非无家可归。"[5]114换句话说,当离家者回归家园、族群之后,"非家幻觉"就会消减甚至消失。随着妹妹一天天的康复,弗兰克终于敢于面对过去的记忆,开始慢慢走出战场带来的阴影,坦白是他杀死了那个朝鲜女孩。弗兰克的坦白也使他从"英雄梦"中清醒过来,认清了自我。

　　弗兰克在重新认识莲花镇的同时,也重新认识了自己所在的黑人社区。多年前的马场上,一对父子被当成狗一样对待,互相搏斗,只有一个人能够活下去。多年后的今天,弗兰克决定用茜新做的被罩为这位父亲重新下葬:五彩斑斓的被罩"先作了运送尸身的裹尸布,而后成为尸身安眠的棺材"[7]。弗兰克用象征着黑人文化的被罩为死者下葬,一方面体现了他对生命的尊重,从某种程度上说,是对枪杀朝鲜小女孩行为的忏悔。另一方面也暗示着弗兰克开始正面黑人集体屈辱创伤的历史,埋葬关于过去伤痛的记忆,重新开始新生活。弗兰克把黑人父亲埋葬在月桂树下,想着:

它看起来那么茁壮,

那么美。

被从中间劈开,

却生机勃勃。[4]155

"被从中间劈开"暗指弗兰克在童年、战争中遭受的"非家幻觉",而"生机勃勃"表示在黑人群体的帮助下弗兰克的"非家幻觉"开始被治愈,他终于建立起了自己的家园。弗兰克从北方走向南方,从个人回归种族,并且最终融入黑人文化之中。在这个自我身份追寻的过程中,弗兰克发现了黑人民族文化的强大,发现黑人传统文化是黑人的心灵港湾,是黑人的精神支柱。他在整个探索追寻的历程中,找回了自己真正的身份,并最终认识到,只有找到自我,扎根于黑人文化,才能实现自我的认识和提升。黑人才不是漂浮在异乡的局外人,他们也拥有和白人一样的尊重和自由。

四、结语

《家》描述的是主人公的灵魂回归之旅,也是自我身份的追寻之旅。《家》重申了莫里森对黑人种族"村落"和"社区"一贯的倾心。莫里森认为,黑人社区或者黑人村落总是非裔种族最终的归宿和家园。[1]18 弗兰克一直在追寻他是谁,也一直致力于建立属于自己的家园。他拼命地想要逃离莲花镇去到军队实现自我价值,然而战争结束,一切都消失殆尽;他想要与莉莉一起建立家园,然而战争留下的阴影一直笼罩着他,以至于他和莉莉越走越远;直到最后,他凭借找回的勇敢把妹妹救出回到莲花镇之后,终于建立起属于自己的家园。小说的最后,弗兰克终于面对了自我,并借助黑人群体的帮助完成了他的灵魂回归之旅。

《家》体现了莫里森对于黑人最终将要回归黑人社区的肯定,正如丽莎·谢尔所说:"《家》细细的书脊掩盖不了丰富和优美的叙事,浸透着莫里森远大的视野和宏伟的诗篇。这些特点详述了莫里森对奴隶制和种族隔离制度等美国特有制度下黑人的苦难和斗争的长期探索。她的所有故事呈现出浓厚的文化、传统、智慧和非裔美国人的成功。"[1]18

作者简介:

陈海楠,内蒙古工业大学外国语学院 2016 级研究生,研究方向为英语语言文学。

冯洁,内蒙古工业大学外国语学院副教授,硕士生导师。研究方向为英语语言文学及英语语言教学。通讯作者。

参考文献:

[1]赵宏维.回归的出逃——评莫里森的新作《家》[J].外国文学动态,2012,6:17;18.

[2]Prince,V. S. Burn'Down the House:Home in African American Literature [M]. New York:Columbia University Press,2005:2;7.

[3]赵一凡.西方文论关键词[M].北京:外语教学与研究出版社,2006:122.

[4]托尼·莫里森.家[M].刘昱含译,海口:南海出版社,2014:9;13;41;75;83;122;155.

[5]童明.暗恐/非家幻觉[J].外国文学,2011,4:108;111;114.

［6］Certeau，Michel de. "I. Psychoanalysis and Its History." Heterologies: Discourse on the Other. Trans. Brian Massumi. Theory and History of Literature. Vol. 17. Minneapolis:U of Minnesota P,1986.

［7］王守仁,吴新云.国家·社区·房子——莫里森小说《家》对美国黑人生存空间的想象［J］.当代外国文学,2013(1).

论库切小说《福》的边缘性叙述视角

冯　洁

（内蒙古工业大学外国语学院,内蒙古呼和浩特 010080）

摘要:《福》是 J. M. 库切对丹尼尔·笛福的著名小说《鲁滨逊漂流记》的一种改写。小说打破了《鲁滨逊漂流记》中男性声音在历史中的绝对主导地位,引入了一个女性叙述者苏珊·巴顿,以她的视角向读者讲述了一个似曾熟悉,实则大相径庭的荒岛流放的故事。苏珊的叙述揭示了库切对传统历史权威压迫下的边缘人物的声音的极大关注,挖掘这些声音的不懈努力及对传统历史写作的深刻反思。

关键词:《福》;叙述视角;边缘性;库切

一、别样的声音

《福》(Foe)发表于 1986 年,故事内容是库切对丹尼尔·笛福(Daniel Defoe)的小说《鲁滨逊漂流记》的一种改写。主角不再是鲁滨逊·克鲁索,取而代之的是一个女性叙述者苏珊·巴顿,她的经历和鲁滨逊的经历有很多相似之处。

在第一章中,苏珊以回忆录的形式讲述了流落荒岛后与克鲁索和星期五在岛上一年多的生活经历,但叙述者在追忆往事时并没有简单地叙述已知信息,而是借用了经验自我的视角,即叙述者正在经历事件的眼光。故事一开始便采用了自由直接引语的形式,第一个映入读者眼帘的文本信息是一个令人疑惑的单引号:"'最后,我再也划不动了。……我叹息了一声,从船上滑进了水里,几乎都没溅起水花。……我朝着陌生的岛屿游了过去,……逆流前行,然后突然间阻力全消失了,海浪将我带入海湾,送上了沙滩。"[1]1 第一章其后的段落均由引号直接开始,直到本章结尾处才出现了另一半反引号来呼应。由于没有"当时,我……"等一类引导语,叙述的声音与往事溶为一体,这种方式的直接性使描述更加生动,产生了更强的悬念感,并且很好地保留了体现人物主体意识的语言成分,同时,引号的使用强化了叙述者的声音,这也正是作者创作此书的目的之一,即让在传统的男性主宰的世界中失语的女性拥有说话的权力,发出自己的声音。第一章的叙述基本是由自由直接引语完成的,但偶尔插入的括号及里面的文字提醒了读者这些叙述并不是苏珊正在经历的事件,而是她向福先生所做的描述。

进入第二章,苏珊的叙述由回顾变成了书信,书信的内容是关于她对荒岛经历的补充以及她和福先生交流的过程。最初的信件详细地讲述了她和福先生相识的经过、福先生的住所及她所想象的福先生写作时的情形,体现了她对福先生充满了信任和希望:"把我失去的实质还给我,福先生,这是我的恳求。"[1]18 第一章中苏珊流畅、清晰的叙述证明她有能力将自己的经历变成文字写下来,然而为什么要托付福先生来撰写自己的故事呢? 她自己的回答是:"虽然我说的都是真相,但它没有给出真相的实质……要讲出充满实质的真相,你需要一个安静的、不受干扰的地方,……你有所有这一切,而我却没有。"[1]18-19 显然,苏珊想要的不仅仅是对荒岛经历的简单记录,她希望福先生能为她的经历赋予更深层次的意义。苏珊的困难和她的渴望代表了处于弱势地位的女性的问题和渴望。19 世纪末之前,文学这个领域完全是由男性占据并统治的。1836 年夏洛蒂·勃朗特(Charlotte Bronte)把自己写的几首短诗寄给当时的桂冠诗人骚塞(Robert Southey),得到的却是毫不留情的训斥:"文学不是女人的事情,你们没有写诗的天赋。"[2]242 到后来出版作品时,还采用了一个男性的化名柯勒·贝尔。女性通过文学向社会发出声音的权力从一开始就被占统治地位的男性粗暴地剥夺了。因此,苏珊想要通过文字向世人展示自己的声音时,就只能求助于福先生了,他是权威,又是男性。库切通过主人公苏珊的第一人称叙述挑战了传统历史中女性失语的状态和性别歧视。

随着小说中交流的进一步深入,苏珊开始对福先生产生了怀疑,怀疑他对事实真相的尊重,怀疑他出于自己或者社会的需要将虚构的人物和事件强加入她的生活:如小说中的一个小女孩,自称是苏珊的女儿。对于她的突然出现,苏珊的反应是:"何必派一个圆脸、圆嘴的小女孩来,穿着老妇人的衣服,谎称来与母亲相认? 我看她是您福先生的女儿,不是我的。"[1]28"谁会想看两个乏味的家伙在荒岛上,成天靠挖石头打发日子的故事呢? ……我们开始理解为什么福先生一听到食人族就竖起耳朵,以及为什么他希望有只毛瑟枪和木匠的工具箱。无疑,他会更希望克鲁索能再年轻些,我的遭遇能博得更多的同情。"[1]31 显然福先生对苏珊的故事兴趣不大,对她渴望真实的声音也充耳不闻,他更在乎且听从的是当时的主流读者——社会中占统治地位的男性——的声音。苏珊的疑惑体现了真相或者说历史和文本的矛盾,点出了库切对历史书写的反思。

小说进入第三章后,苏珊开始讲述她登门拜访福先生的经历。这一章完全采用第一人称经历事件的眼光,福先生由一个听故事的人变成了故事中的人。通篇大量运用直接引语,让读者直接接触人物的想法和复杂的情感。通过和福先生的谈话,苏珊终于得知了他的写作计划:"因此我们将故事分成了五个部分:丢失女儿;去巴西寻找女儿;放弃寻找以及荒岛历险;女儿寻母;母女重逢。……至于故事的新奇之处,则来自于荒岛经历这个插曲……"[1]44 在福先生看来,"荒岛本身不能成为一个故事,我们只有把它放在更大的故事中,才能给它带来生命力。"[1]44 于是,"找到福先生时的兴奋如今荡然无存,我整个人重重地跌坐到椅子上。"[1]44 至此,苏珊通过福先生传递自己声音的希望彻底破灭了:"我想让大家知道的是我在小岛上发生的事,你把它叫做插曲,但是我仍称之为故事。……你曾提议在中间增加一些食人族和海盗的情节,这些是我不愿意接受的,因为他们不是真实的情况。现在你提议将小岛缩减为一个女人寻找丢失女儿的故事中的一个插曲,这种构思我也不能接受。"[1]46

小说以第一人称叙述视角的几种形式——追忆往事、书信、经历事件——向读者讲述了苏珊作为女性叙述者想要通过文本获得话语权的过程。开始充满信心,之后经历了漫长的等待,最后不仅希望破灭,她甚至开始怀疑自己的讲述:"一开始我以为我要告诉你的是关于小岛的故事,讲完之后我就回到从前的日子里了。但是现在,我的整个人生都要成为故事的内容,我自己什么都没有了。我原以为我就是我自己,……但是现在我的心中充满疑惑,除了疑惑还是疑惑。我在质疑:谁在说我?我是否也是一个鬼魂?我属于何种秩序?还有你,你又是谁?"[1]51 小说中苏珊的尝试暂时性地失败了,但库切借助文本,借助第一人称叙事的技巧成功地让她在这个充满男性权威声音的世界中发出了自己的声音——一种别样的声音:"……因为我是一个自由的女人,可以根据自己的意愿讲出自己的故事,这是我的自由。"[1]50

库切不仅让苏珊释放出自己的声音,在小说中,他还关注了另外一个来自荒岛的特殊人物的声音,曾经是"食人生番"的星期五。星期五很小的时候舌头就被奴隶贩子割掉了,无法通过话语来表达自己。他的"声音"显示在他的沉默、低鸣、笛音和舞蹈中。

初见星期五时,"我"不明白他为什么不说话,并询问克鲁索教了他多少个英文单词,还说:"沉默的生活能有什么好处?"[1]7 克鲁索的回答是在荒岛上不需要很多的语言,并且让星期五为"我"唱歌,这是"我"第一次听到星期五的声音:"我听着,却听不出是什么调子。"[1]7 从一开始,星期五的声音就只属于他自己,是"我"这个来自文明世界、听惯了平常声音的人所不能理解的。得知星期五的舌头被割掉的悲惨遭遇后,"我"问到:"天理何在? 初为奴隶,而后成了海难者。没有童年,一辈子又无法说话。上帝难道睡着了吗?"[1]8 在宗教占据主导地位的西方社会,这样的质问简直是大逆不道,可以被绑上火刑柱了。之后,"我们"获救,鉴于"我"自认为对星期五负有责任,于是将他也带回了英国,并希望在合适的时候送他回到非洲,获得自由。在此期间,"我"不遗余力地试图找到一种方法,能赋予星期五"声音",让他讲出自己的故事:"关于星期五的舌头可以讲出很多故事,但真实的故事实际埋在沉默的星期五的身体里面。我们不会听到故事的真相,除非运用艺术找到一种方法赋予星期五声音。"[1]45 为此,"我"和他说话,"看着他的眼睛,寻找他能理解我话中含义的蛛丝马迹";[1]22 我画画儿,想让星期五通过画面想起什么,但是他的眼神"依旧空洞";[1]26 我想用音乐与他沟通,但是"星期五仍旧坚持他的老曲调,所以当我们两人的曲调一同演奏时,就形成极不悦耳的旋律,发出极不和谐的、刺耳的声音。"[1]37 最终都是徒劳,星期五依然生活在自己的世界里,奏着自己的乐曲,跳着自己的舞蹈。然而苏珊非常清楚地知道话语的重要性:"星期五沉默是因为他不能说话,所以只好日复一日任凭他人肆意地塑造。"[1]46 所以苏珊和福先生决定做最后的努力:教星期五写字。当然,结果是可想而知的再一次失败:"星期五学不来,如果说他真的有学习能力,那么不是其入口被封闭了起来,就是我找不到那个入口。"[1]56 苏珊迷茫了,星期五则仍旧在沉默中保持着与文明世界,与传统权威的不合作。他的沉默是一种极富悲剧的沉默,给读者带来的是心灵深处的震撼:星期五的遭遇和沉默证明代表传统权威的话语形式根本无法描述他痛苦的过去,无法描述文明世界在他身上留下的野蛮的烙印。

最后,在第四章中,库切借助小说的艺术打开了星期五的嘴巴:"他的嘴张开了,从里面缓缓流出一道细流,没有一丝气息,就那样毫无羁绊地流了出来。……朝着南方和北方,流向世界的尽头。那道涓涓细流是柔软的,……似乎永远流不尽……"[1]61 库切笔下的星期五是沉默的,然而他的沉默却让读者听到了他的声音—不屈服于权威,不被传统权威话语扭曲的声音。

二、文本和历史的对立

文本不可能完整地再现复杂的历史过程,历史撰写者必须抽取一系列事件,将其按照时空或因果的关系联接起来构成有意义的叙述。"历史的记录会因为其情节的编排模式和语言结构特性而具有虚构性,作为历史另一组成部分的历史阐释更是一种特定历史话语下的知识运作,因而具有明显的人为痕迹。"[3]62 新历史主义也指出了历史的虚构性和主观性,指出了历史叙事背后主题意识形态的参与:"历史就不再是客观的、透明的、统一的事实对象,而是有待意义填充的话语对象。"[4]196

在小说中,苏珊向福先生讲述自己的故事时面临的最大的问题就是如何抽取事件,或究竟抽取哪些事件才能写出她真实的荒岛经历:"我的故事总是比我自己预想的要深远,所以我必须回到故事的原点,竭尽全力地提炼出恰如其分的表达,旁枝末节必须删掉。有些人生来就会说故事,但我似乎没有这种天赋。"[1]30之后,当福先生没有回信,苏珊试着自己写作时,遇到了同样的困难:"为了让画面更加丰满,画家会选择、创作、渲染一些特殊的细节。讲故事的人则相反,他必须推测哪些事件具有丰富的内涵,并从中梳理出隐含的意义,将这些事件像编辫子一般地编起来。"[1]33对传统历史写作的反思是贯穿库切小说的一个永恒主题。库切的多部小说都体现了对边缘人物的关注,其中一些直接选用边缘人物的视角来讲述故事,如《福》中的苏珊和《迈克尔·K的生活和时代》中的迈克尔,通过他们的讲述,库切发出了对传统历史阐释的挑战,对真相、历史和文本之间的关系的质询。《福》记录了边缘人物在代表传统话语权的经典小说家笔下由信心十足到最后充满怀疑的过程。苏珊最终没有完成自己的故事,借助她的失败,库切揭示了传统历史写作的主观性和虚构性,揭示了历史叙事背后主体意识形态的参与。苏珊的另一个怀疑则来自星期五,她采用文明世界已有的各种交流方式,却不能打破星期五的沉默。对此,苏珊最后的结论是:"但是这个世界不止是只有英国人和野蛮人,星期五内心的渴望并没有从'拿'、'挖'或是'苹果'、'船'和'非洲',这些字眼中找到答案。无论是文字,还是不可名状的声音、语调或是音调的形式,他内心一定会听到某种怀疑的声音。"[1]57星期五的沉默映射出带有帝国主体意识形态的话语是无法描述他的故事的,因此,在苏珊描述的历史中形成了一个缺口。历史写作是不允许有缺口的——或者只字不提,省略它;或者凭主观臆断强行赋予某种解释,然而库切借助小说独特的艺术形式保留了这个缺口,强调了它的存在。

小说的最后,库切借助一个神秘的"我"将读者引入了一个充满象征意义的、开放的现代语境,以小说自身特有的艺术规则为他的虚拟世界添上了完美的一笔,留给读者的则是关于虚拟和现实的深层次思考。

作者简介:

冯洁,内蒙古工业大学外国语学院副教授,硕士生导师。研究方向为英语语言文学及英语语言教学。

基金项目:内蒙古工业大学校级课题"J. M. Coetzee 小说的叙事策略研究"研究项目,项目编号:SK201024。

参考文献：

[1]J. M. Coetzee. Foe[M]. London：Penguin Books Ltd,2001.

[2]郑克索.外国文学史(上)[M].北京:高等教育出版社,1999.

[3]高文惠.J. M. 库切与历史权威的对抗[J].山东社会科学,2008(7).

[4]王岳川.后殖民主义与新历史主义文论[M].济南:山东教育出版社,1999.

Eternal Pain for the Whites and the Aborigines—A Study on the Theme of The Secret River

刘月秋　董　君

（内蒙古工业大学外国语学院，内蒙古呼和浩特 010080）

Abstract: The Secret River is a famous novel written by Kate Grenville, an Australian female writer. In this novel she described a man, William Thornhill, struggled to earn a living in Australia when the continent was just discovered by English convicts. The conflict about land between the whites and the Aborigines is the key clue in this novel. The author states the English convicts' hard life in England as well as in Australia. At the same time, Greenville also describes the land's importance for the Aborigines. She shows sympathy both to the aborigines and the whites.

Key words: William Thornhill; the Aborigines; land; owner; The Secret River

一、Kate Grenville and The Secret River

Kate Grenville was born on October 14,1950 in Sydney. Publishing seven novels, a collection of short stories, and four books about the writing process, she became one of the best-selling authors in Australia. Her works have been published all over the world and translated into many languages. Lilian's Story (1985), The Idea of Perfection (1999), The Secret River (2005), and The Lieutenant (2008) are considered as her representative books. Because of her magic words she becomes the winner of many awards in Australia as well as in the UK. Several works have been made into major feature films, and all have been translated into European and Asian languages. [1]

Since The Secret River was published in 2005,it has won many prizes,including the Commonwealth Writers' Prize for Literature (2006),the New South Wales Premier's Literary Awards,Christina Stead Prize for Fiction and Community Relations Commission Award (2006) etc. This novel was also short listed for the Man Booker Prize and the Miles Franklin Award (2006). As well as Australasia,it has been published in the UK,Canada and the US,and in translation in many European and Asian countries. [2]

The Secret River is set in early nineteenth century. William Thornhill was born in a poor family. What he had when he was a little boy was hunger and a crowded house. He found warmth and happiness when staying with Sal,a waterman's daughter. After his parents death Thornhill became an apprentice with Sal's father,and married with Sal then. However,life was filled with pains for him. Since the death of his parents—in—law,this young couple's life became tougher and tougher. Thornhill was sent to Australia for his natural life as a punishment of theft. Sal and their sons went there with him. Like many of the convicts,he was pardoned within a few years and settled on the banks of the Hawkesbury River. Wishing for a more comfortable and wealthy life on this piece of land,Thornhill farmed with all his efforts. He believed he was the owner of it; however he ignored that there were neighbors living with him,the Aboriginal people,who had been living there for thousands of years. Before colonizers' coming,the Aboriginal people enjoyed a free and happy life depending on the nature for living. Therefore,it was a beginning of the battle between the old and the new inhabitants when Thornhill staked their claim on a patch of ground by the river.

二、The Secret River,an authentic account of settlement in Australia

A long debate has been taking place on whether or not The Secret River should be regarded as an "authentic" account of settlement. It is accepted by more and more critics that the theme of this work is obviously an authentic account of settlement.

(1st) William Thornhill and his fellows' convict experience

As we all know, Australia was the England's penal colony for convicts of minor crimes, such as theft at the beginning of colonization. They were sent to Australia because of punishment for crimes. Since arriving there they had to be responsible for civilizing development on this continent willingly or unwillingly. William Thornhill, the protagonist in this work, was such a pioneer.

These persons were believed as the guilty, but in fact, they were also victims of the privileged class and the society. The harsh environment and bad living conditions in their hometown forced them to commit crimes. Homeland should be warm and be a happy memory for everyone but what they felt was only hunger, coldness and cruel punishment for the poor. At the beginning of this story, William Thornhill suffered from a miserable childhood in England. In his family, he was no more than a shadow. Even his sister said "Your name is common as dirt, William Thornhill. "[3] He was always hungry. That was a fact of life ⋯ [4] And always cold⋯ He had eaten the bedbugs more than once. [5] A picture of a thin and pale boy is unfolded from those words. He helped a girl whose name is Sal, and became an apprentice of Sal's father, a waterman. From then on he experienced a better life at Sal's home; however, his life was also full of frustrations. Living for him got worse and worse after his parents-in-law's death. At last, he was sent to Australia as a thief. On this new land he knew a lot people who had the similar experiences as his. Even though they made mistakes in England they still worked hard in Australia. These criminals did make great contributions to this big island.

Life was still not smooth for persons like Thornill, because it was very hard for them to get rid of the memory of being convicts although they wanted to establish a total new life here. When Thornhill met his servants, Ned and Dan, he was recognized by Captain Suckling and he remembered what happened when he was a convict. It was a bitter and painful memory. He made great efforts to forget what happened in the past, but he failed. He asked Dan to call him Mr. Thornill in order to make him feel better. "It is Mr. Thornhill, Dan. You would do well remember. " he said to Dan. [6]

Thus, from Thornhill's life experience, it is clear that he was one of the victims in England as well as one of the pioneers in Australia.

(2nd) William Thornhill and his fellows' exploration in Australia

Australia was a virgin land for the whites at that time. What in need of is labor. As long as they worked on this continent, convicts could be released after a period of prisoner. William Thornhill and his fellows were such convicts.

Once arriving in Australia, Thornhill did not like it. He believed it was worse than sentenced to die. "He knew that life was gone … He had not cried, not for thirty years, not since he was a hungry child too young to know that crying did not fill your belly. But now his throat was thickening, a press of despair behind his eyes forcing warm tears down his cheeks." [7]

After the beginning dislike, he started loving this land gradually when he found he could realize his dream here. Working hard, living a happier life here, he was self—confident that as long as he got a piece of land of his own and farmed on it he could be successful. Sal was persuaded to accept Thornhill's belief that this land was the "Promised land" for her husband. As a waterman in London, farming was a new field for him. He did well with the dream of being independent and wealthy. There were other people who held the similar dreams like him. They worked all day no matter what the weather like although some of the land was barren and difficult to give fruits.

This is the spirit of exploration. For they held such spirit and dreams, the continent has been becoming more and more prosperous. Kate Grenville described a vivid picture of pioneers.

(3rd) William Thornhill and his fellows' pain with the Aboriginal people

On the way of exploration, Thornhill and his fellows encountered some troubles. Obviously, the Aborigines were the vital one among all difficulties. The "Promised Land" for Thornhill and his fellows was the Aborigines' for thousands of years. Of course, the whites did not think in this way. "There were no signs that the blacks felt the place belonged to them. They had no fences that said this id mine. No house that said, this is our home. There were no fields or flocks that said, we have put the labor of our hands into this place. " [8]

Thornill and his fellows held different views on this question. The Aboriginal people were innocent and simple. They did not have the concept to mark their own land. While obtaining the government's permission, the whites like Thornhill marked the land as theirs. They wanted to get along well with the Aboriginal people at the beginning. It seemed very hard for both of them. They were born and lived in different cultures and did not held same thoughts. Unavoidably, conflicts appeared. The whites managed to keep the blacks away from their land; the blacks burned the crops and killed Sagitty who killed some blacks before. At last a fight broke out. A lot of blacks were killed including women and children by Thornhill and his fellows; some white persons were killed or injured in this fight.

The Aboriginal people play a very important role in Australia. In this novel Kate Grenville described the history of that time objectively. She did not eulogize the European civilization nor did she show her hatred for the whites. Both the blacks and the whites did need the land to make a life. Neither of them has made mistakes.

(4th) The eternal pain for both the whites and the aborigines

There was no winner in the conflict. The history of the war becomes an eternal pain for both the whites and the blacks. It is easy to find that the blacks just want to protect themselves; just want to live as usual.

Most of the whites wanted to live in harmony with the blacks in their initial minds. Blackwood was such a person. He even had a daughter with a black woman. So did Mrs. Herring and Dick. Mrs. Herring stopped visiting the Thornhills and Dick moved to live with Blackwood, avoided seeing his father when visiting his mother. In Dick's mind the blacks were friends. They brought happiness when he was young. It might be a good memory for him. For persons like Dick, killing the aborigines and occupying their land was a pain.

Smasher was a representative of those people who saw the blacks as savages. They held stereotyped opinions towards the blacks. In their eyes, the blacks were obstacles on the way of developing civilization; were thieves for their crops; were not human beings. They were cruel to the blacks like the English governors were cruel to them. They killed many an aborigine including children and women. They forgot that they were thieves too. This was why they had to be sent to this land. Fate serves everyone fairly. Smasher was speared to death by one of the blacks when having a fight with the aborigines.

William Thornhill and his wife, Sal, were the persons who did not know clearly what attitudes should hold towards the aborigines. At first they were like Blackwood, but when they felt that they were threatened by the blacks they began to support Smasher. Thornhill was successful at last. He owned what he desired to own, and Sal felt satisfied with her life. At the end of this novel, Thornhill felt regretted killing the blacks and wanted to show his sympathy to Long Jack, but he was told that "This me, my place. "… "Thornhill felt a pang. No man had worked harder than he had done, and he had been rewarded for his labor. … He would have said he had everything a man could want. But there was an emptiness as he watched Jack's hand caressing the dirt. This was something he did not have: a place that was part of his flesh and spirit. " [9]

The secret river of blood is the eternal pain for both the whites and the aborigines. It is impossible to say who was correct and who was wrong, and there is no culture which is superior to another culture [10]. Everyone is equal. The history for the Aboriginal people is unfair. As Kate Grenville said, her ancestor was a person who was like Thornhill. She apologized to the Aboriginals.

3rd、Conclusion

The writer draws a picture for her readers. In this picture she shows a bloody history, which is impossible to judge what is right and what is wrong. Grenville is good at telling stories, however, it does not mean that we can ignore the profound meaning she gives us—to acknowledge history sincerely is the best way to develop[11]. History is the past, but history is useful for present and future. This novel is dedicated to the Aboriginal people of Australia: past, present and future. [12]

In a word,this novel is an authentic account for settlement in Australia.

作者简介：

刘月秋,内蒙古工业大学外国语学院副教授。研究方向为英语语言文学。

董君,内蒙古工业大学外国语学院教授,硕士生导师。研究方向为英语语言文学和英语教学法。

References

[1]Wikipedia. Kate Grenville[EB/OL]. http://en. wikipedia. org/wiki/Kate _Grenville,Sep. 16,2013

[2]Wikipedia. The Secret River[EB/OL]. http://en. wikipedia. org/wiki/ The_Secret_River,Aug. 8,2013

[3][4][5][6][7][8][9][12]Kate Grenville. The Secret River[M]. Melbourne:The Text Publishing Company,2005:11,11,12,181,4,5,96,344, preface

[10]倪云.为了忘却的纪念:澳洲白人与土著的历史记忆——凯特·格伦威尔《神秘的河流》解读[J].《山花》,2010,(6):148—149

[11]冯元元.格伦维尔、邱华栋、郭英剑:关于《神秘的河流》的对话[J].《外国文学动态》,2009,(3):39—41

流血流汗的密河——
《神秘的河流》中的"失语"现象

刘月秋

（内蒙古工业大学外国语学院，内蒙古呼和浩特 010080）

摘要：《神秘的河流》是澳大利亚著名女作家凯特·格伦维尔的代表作之一。主要讲述了 19 世纪初威廉·索尼尔一家在英国的悲惨生活以及在澳大利亚大陆开荒的故事。这部小说反映了那个时期英国和澳大利亚的社会概貌。英国作为当时的强国迫切需要开拓新的殖民地，将本国的罪犯流放到澳大利亚。白人罪犯在英国大多属于生活困苦的社会底层人民，饱受压迫，没有话语权，属于"失语"者。来到澳大利亚后他们通过劳动获得幸福的生活，成为有话语权的人。但是拓荒的过程中他们影响并侵犯了澳大利亚土著居民的生存，造成了澳大利亚土著居民的"失语"状态。

关键词：英国；澳大利亚；殖民；失语

一、凯特·格伦维尔及《神秘的河流》

凯特·格伦维尔（Kate Grenville）1950 年出生在澳大利亚悉尼，是世界知名女作家，也是创造性写作教师。迄今为止，她出版过十五本书，屡获大奖。1985 年出版的小说《丽莲的故事》（*Lilian's Story*）获澳大利亚沃格尔文学奖；1994 年出版的小说《黑暗之地》（*Dark Places*）获维多利亚总理文学奖；2000 年出版的小说《完美主义》（*The Idea of Perfection*）获英国柑橘文学奖[①]；2005 年出版的小说《神秘的河流》（*The Secret River*）更是斩获多种奖项和提名，其中影响较大的有：2006 年度英联邦作家奖、2006 年度新南威尔士总理文学奖、2006 年度书商喜欢的书籍奖、2006 年度澳洲书业最佳书籍奖、2006 年度富兰克林文学奖提名、2006 年度布克奖提名、2007 年度国际都柏林文学奖提名等。

毫无疑问,《神秘的河流》取得了巨大的成功,被翻译成多种文字,受到读者欢迎。故事发生在 19 世纪初期,当时的英国正处在工业和经济急速发展的年代,底层人民生活困苦。威廉·索尼尔(William Thornill)出生在伦敦一个穷苦的家庭,兄弟姐妹众多,饱受贫困饥饿折磨。只有和萨尔(Sal),一位船工的女儿,在一起的时候威廉才能感受到一点正常家庭的温暖。后来威廉成为了萨尔父亲的学徒,之后和萨尔成家。短暂的安稳后,萨尔父母的逝世使得威廉和萨尔的生活再次陷入困境,威廉不得不铤而走险去偷盗。很不幸,威廉被捕入狱,差点被判死刑。在萨尔的疏通下威廉被改判,流放到千里之外的澳大利亚新南威尔士。萨尔带着孩子们和他一起来到了这片广袤、陌生的土地。和当时的许多罪犯一样,几年的劳作之后威廉获得了人身自由。他并没有如萨尔盼望的那样回到英国,而是在霍克斯贝里河沿岸,找到一块"无人认领"的土地耕作起来。他坚信这片土地是他的,通过辛勤劳动定会获得稳定温饱的生活。威廉忽视了他的"邻居们",在澳大利亚这片土地生活了几万年的土著居民。他们没有建起围栏,没有界定疆域,然而他们却是这片土地真正的主人。殖民者到达之前,土著人依靠大自然的馈赠过着自由的生活。殖民者到达之后,他们的活动范围越来越小,生活受到威胁,遭到了殖民者残忍的屠杀,逐渐成为澳大利亚社会的"他者",丧失了话语权。

二、底层英国人民话语权的失去和争取

在 1968 年的一次演讲中,人类学家斯坦纳(W. E. Stanner)用"澳洲历史上流血的密河"来描述英国殖民者对澳大利亚土著人进行残忍的种族灭绝的屠杀行为,以及随后对此种可耻行为的历史性的掩盖。然而,在《神秘的河流》中格伦维尔没有片面地强调土著人的弱势地位。她站在历史审判者的角度客观地描写了威廉及他代表的拓荒者在英国的"失语"状态,在澳大利亚争取话语权的努力以及因为白人入侵澳大利亚土著居民逐渐失去话语权的过程。

众所周知,澳大利亚最初是英国流放刑犯的监狱。当时英国正在进行工业革命和圈地运动,英国率先成为世界上的工业强国。与此同时,英国人口急剧增长,阶层分化剧烈进行,底层人民生活困苦,带来了一系列的社会问题,尤其是底层人民的犯罪率急速上升。

家园本意味着温暖舒适,但是很多英国居民三餐不继、温暖难保,即使有过短暂的欢乐时光也因为各种原因流离失所。"到达澳大利亚的犯人中,除少数犯有危害社会的罪行外,大部分犯人所犯的只是一些过失,根本够不上判处流刑,且其中冤假错案还居多数。"① 他们是罪犯,也是社会和权贵的"牺牲品",毫无话语权可言。

19世纪初,对英国人来说澳大利亚还是片处女地,需要劳动力去开发它。当时流犯既是主要劳动力,又是被统治的对象,在各级统治阶级的严格监督下劳动。犯人劳动时间为"周一至周五每日劳动十个小时,星期六劳动六小时。"⑤威廉就是这些人中的一员。

刚刚到达澳大利亚的时候,威廉并不喜欢这片荒凉的土地。他觉得在这远离母国、没有文明、没有建筑、没有生活必需品的地方服刑还不如杀了他。"他明白以前的日子已经一去不复返了。小时候即使饿肚子他也没有哭过,但是面对眼前这片土地他喉咙哽咽,流下了绝望的泪水。"⑥但是随着威廉重获自由,他意识到他可以在这片荒凉的土地上摆脱贫困,实现梦想,从此他开始爱上澳大利亚。得到了一片属于自己的土地后,威廉过上了辛苦但是比在母国幸福的自由生活。他相信这是他和萨尔的"应许之地"。贫穷的船工威廉凭借自己的努力,经历过多次失败,变成了富裕的农民威廉。

除为政府农场或者企业提供劳动外,一些犯人还被指派给私人农场或者企业劳动。在澳大利亚,威廉服刑时为政府农场劳动,获得自由后拥有了自己的农场,后来还申请了其他流犯成为他的仆人,帮助他耕种。流犯们竭尽全力忘记过去。威廉命令丹称呼他为索尼而先生,因为"这样能让他感觉好些"。⑦可见,流犯们希望洗掉"罪犯"的标签,成为社会主流,重掌话语权。

在澳大利亚,有许多像威廉一样的劳动者。他们在母国因为贫穷而犯罪,因为犯罪而被流放,因为流放得到了命中的福地。他们日出而作,日落而息,使澳大利亚贫瘠的耕地结出了果实,也使自己及后代获得了话语权,成为了这片土地的主人。

三、澳大利亚土著居民话语权的丧失

英国拓荒者在澳大利亚遇到了很多困难,其中最大的问题就是土著居民。土著居民(aborigines)是澳大利亚的原住民。科学家对人类从何时开始在澳大利亚定居这一问题各持己见。目前比较被大众所接受的说法是,澳大利亚土著人来自于东南亚,"早在五万年前,土著居民便已生活在澳大利亚这块土地上。"⑧土著居民是澳洲大陆的真正主人。他们以部落为单位,过着居无定所的游牧生活,没有圈划属地的概念。这并非土著居民懒惰,而是在白人到达之前,澳大利亚地广人稀,土著居民掌握了澳洲大陆的气候变化及食物分布情况,靠采集、狩猎和捕鱼完全可以过上衣食无忧的生活。到达澳大利亚大陆后,白人看到澳大利亚土著居民赤身裸体、"终日游荡",就认为他们是下等人、野蛮人。

从 1788 年殖民开始到现在,英政府和澳政府(澳大利亚独立后)对土著居民的政策发生了几次较大的改变。《神秘的河流》中拓荒者和土著居民的故事发生在 19 世纪初期,此时英政府对土著居民实行的是宗主国政策,即从 1788 年到 1925 年,政府打着"保护"的旗号对土著居民进行霸占和屠杀。从 1926 年到 1971 年,澳政府对土著居民实行同化政策。被偷走的一代(The Stolen Generation)即产生在这一时期。在此期间,政府实行了一系列的政策,名为教化土著居民,实则破坏了土著居民已有的家庭和种族纽带。这些政策对土著居民的生存和文化造成了不可挽回的后果。从 1972 年至今,澳政府对土著居民采取一体化政策,接受土著居民的存在和他们的文化,并且开始正视历史。无论是白人还是土著居民都认识到了只有正视历史,接纳不同才是发展的正途。《神秘的河流》正是在此种背景下写作出版的。

1788 年,澳大利亚沦为英国殖民地,大批白人殖民者涌来。英国政府号召白人开发澳大利亚的土地,并且宣称,只要是没有人占领或者开发的土地都可以被当作无主的土地,在无主土地上开荒即可成为这块地的主人。在这种政策鼓励下,许多英国人将澳大利亚看作了梦想之地、应许之地。澳大利亚土著人的活动范围逐渐缩小,难以满足他们的基本生活需求。在殖民者到达之前,澳大利亚土著人部落之间可以和平相处,虽偶有矛盾,也很少发生大规模的流血冲突。他们可以共享自然资源。因此,最初澳大利亚土著人认为白人种植的食物也是他们的食物,可以随意采摘。这也是拓荒者与土著居民的矛盾之一。

在白人眼中"这片土地上没有房屋、没有栅栏、没有标识,土著们没有宣称他们是这边土地的主人。"⑨到达澳大利亚后,殖民者占领了土著居民的家园,破坏了土著居民的生活,自诩为澳洲大陆的主人。从英国殖民澳大利亚开始,澳洲的土著居民就成为了帝国主义、殖民主义的牺牲品,彻底丧失了话语权,沦为澳洲大陆的"他者"。

殖民之初,英国殖民者在澳大利亚采取了一系列的政策,其基本宗旨就是发展、巩固白人的统治。白人发展的同时,严重损害了澳大利亚土著居民的生存。虽然英国拓荒者对澳大利亚土著居民持不同态度,但是他们绝大多数都认为得到了英国政府的许可,就拥有了土地所有权。他们想方设法驱逐土著居民。在忍无可忍的情况下,土著居民烧毁了拓荒者种植的玉米,杀死了残害土著居民的白人凶手。土著居民的反抗最终导致了他们和拓荒者之间的暴力冲突。包括妇女儿童在内的很多土著居民被手拿先进武器的拓荒者杀死。

澳大利亚土著居民在被殖民之初遭到了灭顶之灾。白人到达澳大利亚后占领了土著部落的土地;抢劫和杀戮了大批土著人;把资本主义的恶习和疾病带入土著居民之中。⑩这些必将造成澳大利亚土著居民的衰亡。被英国殖民前,澳大利亚这片大陆生活着 30 万至 50 万土著居民。到 1933 年,土著人的人数下降至 7 万左右。⑪1876 年,塔斯马尼亚的最后一个土著居民含恨而亡。⑫失去土地所有权的同时,澳大利亚土著居民也失去了在澳大利亚社会的话语权。

四、结语

在《神秘的河流》一书中,凯特·格伦维尔回顾了澳大利亚殖民的最初历史,探讨了英国底层人民在母国无话语权的生存状态以及在新大陆重掌话语权的奋斗,同时也讲述了澳大利亚土著居民由于被殖民而丧失话语权的过程。她虽然没有直接描绘当时土著人的生活,但是从小说的很多地方读者都能了解到土著人生活的艰辛窘困。不同于以往的殖民小说,格伦维尔既没有歌颂殖民者,也没有贬低土著人,她以客观的态度向读者展示了殖民者中的弱者和被殖民者的无奈和奋斗。歌颂了勇敢坚毅的拓荒精神,也对土著人的困境表达了深深的同情。因此,澳大利亚历史上那条神秘的河流,流淌的不仅仅是土著人的鲜血,也有拓荒者的汗水。

作者简介:

刘月秋,内蒙古工业大学外国语学院副教授。研究方向为英语语言文学。
基金项目:内蒙古工业大学重点科研项目"澳大利亚文学作品中土著人'他者'地位下争取话语权研究"(ZD201424)。

参考文献:

[1]Wikipedia. Kate Grenville [EB/OL]. https://en. wikipedia. org/wiki/Kate_Grenville,Feb. 8,2017.

[2]Wikipedia. The Secret River [EB/OL]. https://en. wikipedia. org/wiki/The_Secret_River,Feb. 8,2017.

[3]王丽萍.评凯特·格伦维尔的新历史小说[J].当代外国文学.2011 年第 4 期.

[4][5][10]张天.澳洲史[M].北京:社会科学文献出版社,1996:72,77,117,121.

［6］［7］［9］Kate Grenville. The Secret River［M］. Melbourne：The Text Publishing Company，2005. 4－5，181，96.

［8］石发林. 澳大利亚土著人研究［M］. 成都：四川大学出版社，2010. Preface，宿州教育学院学报，2017 年 4 月，第 20 卷，第 2 期，第 27－28 页

用英语诉说自己的故事——从《黑与白》分析澳大利亚土著人话语权

刘月秋

（内蒙古工业大学外国语学院，内蒙古呼和浩特 010080）

摘要：《黑与白》是澳大利亚混血土著女作家萨莉·摩根的代表作。作者用英语讲述了以外婆为代表的澳大利亚土著人被殖民的历史。本文从后殖民主义的角度研究澳大利亚土著人自被殖民之初到现在的历史，从失去话语权到重获话语权的过程。

关键词：澳大利亚；土著人；殖民；话语权

一、萨莉·摩根和《黑与白》

知名女作家萨莉·摩根 1951 年出生在澳大利亚珀斯，是家中长女，由母亲和外婆抚养长大。她的父亲是二战退伍军人，战后常年遭受伤痛折磨，在摩根很小的时候就过世了。由于较黑的肤色，摩根很早就意识到了自己和别人的不同。同学们也经常问她来自何方。外婆和妈妈告诉她，他们的祖先来自印度。但是在摩根十五岁的时候，她得知她是澳大利亚土著人的后代。为了获得更多祖先的信息，她展开了寻根之旅。《黑与白》记录了她成长、探寻的过程。[①]

《黑与白》一书出版于 1987 年，摩根以第一人称，用揭秘的方式书写了以外婆戴西为主线的家族史。此书出版后引起了较大争议。有学者和读者认为此书浪漫化、理想化了土著人的生活；有人认为摩根作为混血土著人，成长、生活在以白人为绝对主流的社区，她的观点不能客观地反映土著人的生活状态；也有人坚持说此书虽由摩根创作，但是后期经过了白人的修改，不能归入土著文学的范畴。

虽然存在如此多的争议，但是这些争议并没有影响此书受欢迎的程度。在某种程度上，《黑与白》一书以土著人之手写出了土著人自己的故事，向世人揭示了一段伤痕累累的过往,描绘了土著人现在的生活困境,也写出了土著人热爱自然、不屈不挠的精神。

二、澳大利亚殖民史及政府对土著人的不同政策

欧亚两洲数千年来一直传说世界上存在南方大陆。为了发现这块未知的大陆,欧洲各国派出了许多船只和人员,经过多次失败后,荷兰航海家威廉·扬茨于1606年到达了现澳大利亚约克角半岛西岸,成为第一个到达澳洲大陆的欧洲人。后来法国、英国的航海家也相继到达澳大利亚。1770年8月22日,詹姆斯·库克船长宣布澳大利亚东部为英国领土。1786年英国政府决定在澳大利亚建立犯人流放地。1788年2月7日英国正式宣布对澳大利亚殖民。②

英国殖民者一直宣称澳大利亚属于无主土地,并且对英国移民宣布只要是没有人宣布所有权的土地都属于无主土地,可以随意开发。但事实上,有一群人,数万年以来,一直在澳大利亚生活着。他们的皮肤为黑色,以部落为单位,依靠大自然的馈赠,采集、狩猎、捕鱼,过着简单快乐的生活。这些人就是澳大利亚土著人。

据考证,大约公元前4万年到公元前3万年之间,一批人从东南亚迁徙到澳洲大陆,成为第一批澳大利亚土著人。③白人刚刚到达澳大利亚的时候就给土著人贴上了"野蛮人"的标签,认为土著人在人种、文明程度、甚至智力上都劣于白种人。而土著人在遭到殖民者一系列的暴行后也开始了反抗。殖民者和土著人的斗争愈演愈烈。当然,这种斗争是不平等的。土著人的冷兵器显然斗不过殖民者的枪支弹药。从此,土著人失去了澳洲大陆的主权,成为澳大利亚社会的边缘人,丧失了话语权。

自1788年殖民开始,执政者对澳大利亚土著人采取的政策经历过三次重要变革。

1788年至1925年的宗主国政策。在此期间,统治者以保护的名义对土著人进行残忍的屠杀,霸占他们的土地,发展种植业和羊毛业。土著人丧失了家园,沦为被殖民者,任人宰割。土著人的数量在此期间大幅度下降,由被殖民前的30万至50万下降到7万左右。④

1926年至1971年的同化政策。此政策名为同化,实则歧视。白人至上主义者提"成功的土著人就是欧化的土著人"⑤,并且认为纯种土著人不能在现代社会生存下去,要严格控制土著人的生育,并且把带有白人血统的孩子和他们的母亲分离,使其成为白人的奴仆。此政策形成了"被偷走的一代",割裂了土著人的亲情,破坏了土著文化,也为之后"被偷走的一代"的悲惨生活埋下了隐患。

　　1972 年至今的一体化政策。一体化政策强调各个民族和种族之间的平等共处,接纳任何民族和种族的文化,认为只有各民族和种族共同发展才能促进社会的整体发展。毫无疑问,一体化政策的施行有利于澳大利亚土著人的生存和发展。

三、摩根笔下的土著历史

　　在《黑与白》一书中,摩根以第一人称叙述了她的家族史,主要涉及的人物有摩根、摩根的妈妈格莱迪斯、摩根的外婆戴西、摩根的父亲,以及摩根的弟弟妹妹们。摩根外婆一生的经历是此书的主线。摩根以探究者的姿态,抽丝剥茧,描写澳大利亚土著人的悲惨遭遇和土著人穷困的生活。

　　戴西的具体出生年月已无从考证,推测大约在 1900 年后。她于 1983 年病逝。她经历了政府对土著人政策各个时期。她出生在一个牧场,母亲是土著人,父亲不详,可以肯定的是他的父亲是个白人男子。摩根没有找到戴西父亲的资料。由于被殖民初期澳大利亚男女比例严重失调,土著人女子委身于白人男子似乎是天经地义的事情。许多土著人女子生下了混血孩子。戴西即是其中之一。身为混血土著人,戴西被带离她的母亲。她年轻时就看透了白人的虚伪。白人医生的失误造成了土著病人海伦的死亡,但是没有人去谴责惩罚白人,因为"她(海伦)只不过是个土著"。⑥类似的情节也出现在小说《卡普里柯尼亚》中,"原住民中的幸存者仅余七人,其中两人在土著围场因患肺结核而奄奄一息,三人因得了麻风病而被困在土著传染病医院,剩下的一男一女住在章鱼海湾遥远一端……这两人的日子很不好过。"⑦在白人的心中,土著人没有尊严,也没有资格拥有和白人一样的生活。

　　摩根的母亲格莱迪斯出生于同化政策时期,属于典型的"被偷走的一代"。此项政策源于"白澳政策"。当时的一些统治者相信经过三代的混血,土著人的特征就不会再出现在这些孩子身上。20 世纪初,政府规定土著人和白人混血的孩子必须要被带走接受教育。名为教育,其实是把混血的土著孩子关到寄宿学校进行培训。他们必须说英语、接受奴化教育、长大后为白人服务。小说《沿着防兔篱笆》中对这一政策进行了详细的书写。三个被政府强行带走的土著女孩偷偷跑出寄宿学校,沿着防兔篱笆,开始了漫漫归家路。其中一个女孩因听信告密者的谎言被抓回,从此杳无音信。另外两名女孩回到了家乡,其中之一即为皮金顿的母亲。⑧同化政策对"被偷走的一代"造成了无法挽回的恶劣影响。它割裂了孩子和母亲以及家庭的情感纽带,使很多土著人无家可归,甚至不知家在何处。《黑与白》一书中通过戴西至少有六个孩子被带离身边,查无踪迹。即使澳政府后来宣布土著人和其他澳洲公民享有平等的权利,这些无根的土著人也深受情感上的折磨。而且由于被奴役的历史,土著人也很难有赖以生存的一技之长。贫穷、酗酒、暴力成为家常便饭,平均寿命远低于澳洲白人。

摩根的母亲也属于"被偷走的一代",她错过了很多童年美好时光,幸运的是她回到了母亲身边。戴西和格莱迪斯都害怕因为肤色再次骨肉分离,她们谎称自己的祖先是印度人。并对过去三缄其口,对政府抱着深深的怀疑态度,谨小慎微地生活着。他们一家租住在贫民区,经常为了生活费而犯愁,这也是当代很多澳大利亚土著人的生活常态。"由于土著人长期受到歧视,缺少教育和工作技能培养,在新型的现代社会中,常常受到非土著民族的排斥,就业率低,使得很多土著人常常要依靠政府的资助才能保证基本生活。"⑨

摩根虽然出生于同化政策时期,但是由于外婆和母亲对土著身份的刻意隐瞒,她并没有被带离母亲身边。待她上学,尤其是中学时,澳政府已经变同化政策为一体化政策。在一体化政策下成长的摩根和妹妹弟弟们接受了正规的教育,能够融入澳大利亚主流社会。他们对土著身份的态度和祖辈完全不同。他们以土著身份为傲,并鼓励外婆和母亲勇敢地说出过往。最初,遭受过非人待遇的戴西和格拉迪斯并不愿承认并告诉孩子们土著人曾经历了什么,在摩根耐心的劝说下戴西和格拉迪斯才愿谈起过去。不过伤害太深,戴西至死都对一些事情守口如瓶,不愿提及。她说"我害怕了一生,怕得不敢讲出来。如果你有我的一生,你也会害怕。"⑩

2008年澳政府对土著人道歉。一体化时期的土著人拥有和澳洲其他种族一样的政治地位,但是由于历史原因,他们在经济地位和社会地位方面还是低于澳洲其他种族。想要改变这一状况不是一朝一夕可以做到的。澳大利亚政府和土著人都在为之努力。《黑与白》一书中提到土著学生可以申请专门的奖学金。萨莉·摩根和多丽丝·皮金顿等土著作家的成功也证明了澳大利亚社会对土著人的接受,以及普通民众对土著人历史和现在的关心。

四、结语

澳大利亚历史学家比尔·甘米奇在他的著作《地球上最大的庄园:土著人如何塑造澳大利亚》中详述了澳大利亚土著人的生活及活动情况。澳大利亚土著人是澳洲大陆真正的主人。白人殖民者的屠杀和统治摧毁了他们的文化,杀死了他们的族人,夺走了他们的土地,让他们沦为澳大利亚社会的边缘人,失去了话语权。经过近百年的抗争,澳大利亚土著又重新成为了拥有完整权利的公民,用殖民者的语言书写了本族历史,让更多世人认识到了澳大利亚土著人的存在。这是澳大利亚土著人的胜利,也是澳洲社会进不去不可缺少的一步。只有接纳、包容各族文化才能让社会繁荣、文明进步。

作者简介：

刘月秋，内蒙古工业大学外国语学院副教授。研究方向为英语语言文学。

基金项目：内蒙古工业大学重点科研项目"澳大利亚文学作品中土著人'他者'地位下争取话语权研究"（ZD201424）。

参考文献：

[1]Wikipedia. Sally Morgan（artist）[EB/OL]. https：//en. wikipedia. org/wiki/Sally_Morgan_(artist)，Feb. 11，2017.

[2][3]张天. 澳洲史[M]. 北京：社会科学文献出版社，1996.417—418,417.

[4][5][9]石发林. 澳大利亚土著人研究[M]. 成都：四川大学出版社，2010. Preface，211,231.

[6][10]萨莉•摩根著. 潘小芬译. 黑与白[M]. 北京：中国青年出版社，1995. 513,525.

[7]扎维尔•赫伯特著. 欧阳昱译. 卡普里柯尼亚[M]. 重庆：重庆出版社，2004. 8.

[8]Pilkington Doris. Follow the Rabbit-proof Fence [M]. Queensland：University of Queensland Press，1996.

[11]Bill Gammage. The Biggest Estate on Earth：How Aborigines Made Australia [M]. Sydney，Melbourne，Auckland，London：Allen & Unwin，2011.

当代少数民族女性文学与西方女性文学的比较

王智音

（内蒙古工业大学外国语学院，内蒙古 呼和浩特 010080）

摘要：少数民族女性文学是民族文学的重要组成部分，其发展受到了英美女性文学的影响。分析了当代少数民族文学与英美文学中女性文学发展的特点，比较了两者的异同点。通过比较研究发现，与英美女性文学一样，当代少数民族文学中女性文学同样具有典型的女性意识，展现出独特的女性审美特质。然而，与西方女性文学发展不同的是，中国少数民族女性文学具有强烈的民族性和地域性，但在强调女权主义方面，并不像英美女性文学那样强烈，中国当代女性文学更强调女性自身的自省与洞察。

关键词：当代少数民族文学；英美文学；女性文学；比较

进入二十一世纪以来，我国少数民族女性作家的数量与日剧增，当代少数民族女性文学也获得了长足的发展。相比较英美女性文学，我国少数民族女性文学发展有其一定的特殊性。通过对英美文学与当代少数民族文学中女性文学的比较，为研究我国少数民族女性文学提供一定的理论参考。

一、英美文学中的女性文学

女性文学主要是以女性为基础，并结合女性固有的思维与背景，通过利用不同情感描写的手法将女性的各个方面以不同的形式表现出来，从本质上来看女性文学是世界文学史上极具魅力的佳作。纵观西方文学史可以发现很多在女性文学上有突出贡献的女性作家，其中以盖世凯尔夫人、简·奥斯丁为典型代表，正是这些杰出的女性作家给英美文学的辉煌带来无限魅力。从内容上来看，英美女性文学作家主要是从女性角度出发，以女性的视角来对女性的命运进行审视。这类文学作品主要是为了突出女性在整个家庭乃至社会上的地位,批判那些歧视女性或过分强调男性作用而忽略女性的行为与思想。从方式上来看,女性主义文学主要是通过文字的形式来实现其目的,利用文字来表达女性在社会当中所发挥的重要意义,同时也利用文字向社会宣告了女性也应当在社会上享有自己的地位。

英美女性文学的诞生与英美女权主义密切相关。女权主义的斗争从古代一直延续至今,经过数千年的不断斗争,在 20 世纪早期女权主义运动达到了高潮,也正是通过不断的努力使得越来越多的女性在国家政治权利的竞争中获得了一定的席位。随着人们认识的不断进步,女性对于自身的定位不再仅仅是为了满足自身的政治地位,而是涉及社会的各个方面。在经过多次女权运动高潮之后,大量的女性开始到社会的各行各业工作,并在社会当中占据着重要的地位。可以说女性真正地开始拥有自主性,以睿智的眼光观察着社会的一切,并对社会上存在的不合理现象不断发表自己的看法,同时批判社会上存在的一些弊端,女性文学也正是由此而诞生。在这一段时间内,女性主义文学的内容大多数都是对男性主义进行批判并不断对自身进行反省,由这些也可以看出女性在社会发展过程中也不断地趋于成熟。也正是由于不断的反思使得女性的思想境界不断地得到提升,其研究的目光也变得更加宽泛,从而使得女权主义向女性主义转变与发展。因此,英美女性文学之所以能够具有如此令人神往的思想境界,正是多次声势浩大的女权主义运动造就了英美文学的精髓。从内容上来看英美女性文学对于社会的关注与审视极为重视,它将时代的社会背景、生活以及历史紧密地结合在一起,从而使读者能够更好地读懂女性文学所蕴含的思想。从研究对象上来看,英美女性主义文学主要是以女性为研究对象,从女性的角度出发来审视整个社会,最后以文字的方式将其传递给读者,总的来说,英美女性主义文学对以后的女性主义有着至关重要的影响。尽管在现阶段没有声势较大的女权主义运动作为文化背景,但是女性主义文学可以从英美女性主义文学当中获取相应的题材来表达女性的思想。

女性主义与女权主义有着本质的区别,可以说女性主义是女权主义的延伸与发展,它是女性精神的一种体现与拓展,将女性的价值与女性的自主性淋漓尽致地展现在人们眼前。20 世纪 60 年代末随着英美女性主义文学的不断发展,使得社会上出现了一批批女性作家,可以说正是因为她们使得女性文学能够在世界各国得以蓬勃发展。

二、当代少数民族女性文学的发展特点

（一）少数民族女性作家普遍具有强烈的民族意识

当代少数民族女性文学创作中，普遍具有强烈的民族意识。藏族女性作家白玛娜珍，其作品表达了强烈的民族意识，她的代表作是《复活的度母》和《拉萨红尘》。在这两部长篇小说当中，作者将"西藏女儿"的那份责任感表现得淋漓尽致，可以说这两部小说写出了现代文明对拉萨文化的冲击与渗透。在小说当中可以看出作者对本民族文化与全球文化碰撞过程中所产生的矛盾的思考与担忧。《狼毒》作为丹增曲珍的代表作虽然其抒发的情感也是对藏族文化未来发展的担忧，但是就表现形式上来看却截然不同。在小说当中作者是以一名藏族女性与外籍华人的婚姻为基础，在此基础之上详细讲述了国外资本家对藏族地区的渗透与剥削。

（二）创作中带有强烈的民族地域色彩

对于很多少数民族女作家而言其作品往往带有很强的地域特色，其中最为典型的有土家族女作家叶梅，在她的作品当中将湘西世界描绘得如同现代生活的"世外桃源"。她以土家族家庭男女之间的爱情故事为小说的基础将湘西所特有的风土人情融入到整篇小说当中，其代表作主要有《最后的土司》《黑廖竹》等。在以现代题材为背景的《花树花树》中，作者详细描述了乡村女性在追求人生当中所遭遇的现实社会的摧残，在文中作者将自己鲜明的女性意识借助主人公表现出来。总的来说叶梅所创作的文学作品最大程度上使土家族文化得以继承和发扬，同时她的作品更是响应了当前社会的现实。目前随着全球化趋势不断加剧，现代文化对于乡土民族文化的冲击与渗透越来越严重，在文化发展过程中对本土文化的反思与担忧已经成为叶梅文学作品的重要组成部分。

段海珍作为云南地区土生土长的本土女性作家，在女性文学领域有着重要的贡献，其代表作《红妖》《鬼蝴蝶》等作品以云南地区盛行的"巫蛊"为题材，讲述了彝族山寨女性的生存轨迹，展现彝族传统女性的生活状态。其另外一部代表作《杏眼》则是以一名花灯艺人为背景，整部小说将花灯艺人的一生串联起来从而反映了楚雄地区的花灯艺术的历史，从小说内容上可以发现作者在进行创作前对花灯艺术的历史进行了深入的考究与学习。相比之下纳西族的女性文学作家和晓梅，则是通过自己的作品为人们展现了一个如诗如画的丽江。在作品《深深古井巷》《雪山间的情蛊》中，她将纳西族的文化、传统、风俗等融入到作品当中并将其与纳西族女性的感情世界紧密结合在一起。从她的作品中人们可以感受到作者对民族女性命运的思考与同情。

白族女性作家景宜从小生活在苍山洱海边,在创作过程中将自己对白族传统文化的思考融入到现代文明的语境当中,通过富含色彩的文本表述将白族新女性的形象真实地展现在人们视野当中。在长篇小说《雨后》《月晕》中作者对白族农村女性所表现出来的木讷感到失落,在她的作品之中人们可以明显地感受到作者对女性生命所受到限制时的那种不甘与抗争。这位白族女作家在感受到新时代给女性带来的机遇的同时也清醒地意识到现代文化对白族传统文化的冲击与威胁。因此她在作品当中呼吁在关注女性命运的同时要对本民族的传统文化有一个正确的认识,要不断关注在现代文化冲击下本民族文化的发展与传承。

(三)以女性家族命运为主题,强调女性反思与内省

在女性书写方面,关于母系家族史方面的写作在当代少数民族女性文学作品中逐渐风行,其中最为典型的代表作家为雪静,其长篇小说《红肚兜》作为女性家族史的作品对我国女性文学有着深远的影响。在小说当中作者以一家三代女性的生活为引,时间从民国初期到当下,可以说小说描绘了一幅活色生香的人间色相图。在这个家庭当中只有女性,且三代女性都身处风尘当中,三代人经历了无数的艰难与困苦。在小说当中,其女儿温声温文尔雅,母亲温晴贤惠美丽,外婆温婉美丽动人,但是三代人却始终无法摆脱命运的玩弄,不管她们付出怎样的努力,最终的结果依然逃不开以色事人的命运。就她们自身来说,她们除了拥有傲人的身材以及女性所特有的气质以外,同时还有都符合各个时代"才女"的要求,作为女人她们具备了得天独厚的优势。外婆十分擅长女红,母亲擅长书法和昆曲,女儿作为新时代的才女更是拥有渊博的知识,称得上真正的"美女作家"。然而这些才艺却并未给她们带来任何改变,相反却成为她们堕落的开端。温婉最初的打算是凭借自己的针线活养活自己,却不想被大户人家的少爷非礼之后卖入青楼;温晴在很早的时候就被一名富商看中且在她的身上花费了大量的金钱,其目的就是为了能够将温晴培养成一名优秀的交际花。然后在随后的数年中,富商逐渐走向没落,温晴的生活也随之朝不保夕,为了能够得到短暂的安宁,她只能出卖自己的身体;温声从小生活在南京,为了使母亲能够过上好的日子改变母女的生活境遇,她努力使自己成为一名畅销书作家,但是她的灵感却只有外婆年轻时的经历,为了能够使自己的书卖得更多,在整个过程中不得不进行各种情色交易。

在整部小说当中,作者详细描述了女性所存在的各种情感问题以及诸多来自

爱情的幻想与困境,家族以及血缘成为众多女性无法逃脱的宿命。总的来说《红肚兜》是一部十分成功的作品,作者将自己对女性的反思与担忧以文字的形式展现在人们眼前,并将女性所特有的清醒与自知描绘得栩栩如生。

三、英美文学与当代少数民族文学中女性文学的异同点

(一)相同点

1.都具有典型的女性意识

英美女性文学最显著的特点就是具有典型的女性意识,英美女性作家通过女性叙事与描写的手法来唤醒女性意识,张扬女权主义,构建女性阅读和写作方式。在这点上,与英美文学中女性文学一样,我国当代少数民族女性作家在创作中也同样具有强烈的女性意识。在创作中,我国少数民族女性作家把与女性相关的主题作为主要的创作体裁,重点描述女性的命运、女性的技艺以及母系家族史,引起读者对女性命运的反思和内省。因此,我国少数民族女性作家也是利用作品来彰显自己的女性意识。

2.都展示女性主义美学

二十世纪七十年代,英美女性主义文学家们批评传统男性文学缺乏想象力,并认为想象力逃脱不了由性别特征所组成的潜意识结构的束缚,指出女性写作更具有想象力和清晰连贯的文学传统,认为女性写作可以创作独特的文学审美。同英美文学中的女性作品一样,中国当代少数民族女性文学作品中也展现了这一特质。通过女性作家的描绘,中国当代少数民族女性文学作品展现了一种独特的带有民族魅力和女性特点的美学特质。

(二)不同点

1.少数民族女性文学具有强烈的民族性和地域性

与西方英美女性文学不同的是,当代中国少数民族女性文学普遍具有强烈的民族性与地域性。不同的女性作家普遍倾向于描写具有本民族、本地区特色的文学作品,喜欢将本民族文化融入到作品中,同时少数民族女性作家普遍具有强烈的

民族意识,关注现代文明与现代社会生活方式对于少数民族传统文化的影响。在这方面,西方英美女性文学表现得并不如此突出。民族性和地域性是中国少数民族女性文学发展的一大特色。

2.少数民族女性文学更强调女性自身的自省与洞察

与西方英美女性文学另一大不同点是,当代中国少数民族女性文学更强调女性自身的自省与洞察。显然,在强调女权主义方面,中国少数民族女性作家并不如西方女性作家表现得那么强烈。例如:英国女权作家伍尔芙认为要把传统男性文学叙述方式进行颠覆,强调从女性主义的视角来评价文学作品,对男权社会进行反抗。而中国当代少数民族女性作家显然对于文学创作中的男女性地位并不是如此关注,而更加关注呼唤广大女性进行反思,洞察在生活、工作等经历中的境遇不公,建立更加公平的社会。

四、结束语

当代少数民族文学中女性文学的发展显然受到了英美女性文学发展的影响,两者都具有典型的女性意识,展现出女性文学作品独特的美学特质。然而,与西方女性文学发展不同的是,中国少数民族女性文学具有强烈的民族性和地域性,但在强调女权主义方面,并不像英美女性文学那样强烈,中国当代女性文学更强调女性自身的自省与洞察。

作者简介:

王智音,内蒙古工业大学外国语学院教授,研究方向为英美文学和跨文化交际。

基金项目:内蒙古自治区高校外国语言文学教学研究专项课题"内涵式发展视域下内蒙古理工科高校英语专业课程体系研究"(WYZX2016－14);内蒙古工业大学重点教改项目"新形势下工科院校英语专业课程体系改革——以内蒙古工业大学为例"(2015107)阶段成果。

参考文献:

[1]吴投文.大文学观视野下的少数民族女性文学谱系——评黄晓娟等的《中国当代少数民族女性文学研究》[J].学术论坛,2015,04:114－116.

[2]王冰冰.多元文化语境中的性别书写与身份建构——新时期以来少数民族

女作家创作概论[J].枣庄学院学报,2015,04:1－8.

　　[3]韩晓晔.为女性和民族代言——现代语境下少数民族女作家的文化自觉[J].贵州民族研究,2016,08:150－153.

　　[4]王志萍.新时期新疆少数民族女作家之女性意识[J].西北民族大学学报(哲学社会科学版),2007,06:87－92.

　　[5]黄晓娟.当代少数民族女性文学发展概论[J].广西民族师范学院学报,2013,04:92－96.

　　[6]王晓丹.云南文学中的少数民族女性形象[J].文艺理论与批评,2009,04:116－118.

　　[7]田泥.谁在边缘地吟唱?——转型期中国当代少数民族女性写作[J].民族文学研究,2005,02:10－13.

　　[8]杨林,张辉.女性书写与传统重构——后现代主义影响下的女性视角[J].牡丹江教育学院学报,2012,03:16－18.

　　[9]刘岩.女性书写[J].外国文学,2012,06:88－97＋159.

　　[10]岳俊琳.浅析英美女性文学的发展历程——评《女性的书写:英美女性文学研究》[J].当代教育科学,2015,19:79.

　　[11]王昭晖,刘克敌.少数民族女性文学形象解读[J].贵州民族研究,2016,03:117－120.

少数民族文学与西方文学自我民族书写比较

王智音

（内蒙古工业大学外国语学院，内蒙古　呼和浩特 010080）

摘要：文学创作中常常涉及到作者自身民族的描绘，在民族书写中会体现出作者对于自身民族的认同和情感。我国少数民族文学发展源远流长，与西方文学相比，在对自我民族书写上有其特殊性，许多作品体现出了作者对待本民族的民族认同与民族情感，描绘了本民族经历的时代变迁以及民族、地域之美。分析了少数民族文学作家与西方英美文学作家在自我民族书写上的相同点和不同点，旨在了解少数民族文学作家与西方英美文学作家在民族书写认同、民族情感方面的差异，为我国少数民族文学的研究提供理论参考。

关键词：少数民族汉语文学；欧美英语文学；民族书写；比较

一、引言

无论是少数民族文学，还是西方英美文学，对本民族历史文化与现实生活的书写都是一个不变的主题。因为有着真实的历史背景和民族记忆，所以可以书写历史。因为有着社会矛盾与文化冲突，所以可以书写现实。而不同于西方民族的感性与细腻，都是少数民族文学文本中所隐藏或显现的，读者都能读出来，这也是少数民族文学受到认可的重要一点。从另外一个角度来说，少数民族文学有着独特的主题与叙事风格。因此，笔者相对少数民族文学与西方英美文学在自我民族书写方面做一比较，找到两者在民族书写认同以及民族情感书写方面的差异或者相似之处，旨在从民族书写性的角度为我国少数民族文学的深入研究提供一定的理论参考。

二、少数民族文学与西方英美文学自我民族书写比较分析

反思是少数民族作家与西方文学作家在创作时都会进行的一个主题，应该说，凡是经过与异族文明冲突的民族，其作家都会具有一种自我审视与自我反思的精神，有的是自我否定，有的是大胆反叛。在精神上，他们都对本民族有着强烈的归属意识。这种反思也是一个个体的人的社会化的必然结果，因此也会受到历史与社会形态和文化形态的影响。对一个作家进行分析，除了要分析他的作品的思想内容与文学特点之外，还要分析他的民族意识。从实际经验来看，一个作家往往是在创作时带着问题意识，特别是一些具有鲜明时代特点的作品，更是如此。

（一）民族认同书写的比较

现在，有很多少数民族作家也在使用汉语进行写作，虽然所用的语言是汉语，但在写作时也仍然有着民族的写作倾向。有些少数民族作家的创作也不是鲜明地显现出民族身份，如少数民族作家鬼子，他就说过："我没有为我的民族的文学做出什么贡献。因此我的写作题材并不是我的民族的生活，也看不出这个民族的生活特点。再说，我也不认为一定要提少数民族作家这一个概念，因为既然都是用汉语写作，就是一家人。如果能够和家人一起运用汉语写作，为什么一定要用自己的民族语言写作呢。"而有些作家就表现出强烈的民族特点，有着强烈的民族意识，像女作家叶广芩是满族，其民族意识就特别强烈，她曾经说过："我为什么在各个场合都穿民族特色服装。就是因为我首先要告诉大家中国传统女性的魅力，其次要告诉大家我是一个民族作家，我爱我的民族。"藏族作家阿来也说过："我是一个回族与藏族的混血儿，我选择藏族作为自己的民族，因为我从小在藏区长大，生活的习惯让我拥有了对藏族血统的认同感。"应该说，后两位作家都是自觉地选择了自己的民族身份。

也有一些少数民族作家对民族书写有一种情结。作家乌热尔图是鄂温克族，他说过："我努力让读者能够通过我的作品感受到其中民族脉搏，让读者感受到这脉搏跳动中的血珠，感受到其与其他民族同胞相同又独具的特质，让读者感受到作品中民族心脏跳动的声音，感受到这颗心与他们一样相连。这是只有在人的心灵上才能刻下的时代的印记，这也是人生的标志，力量的源泉。"作家色波是藏族，他决定用自己的一生去书写藏族文化的特性。

作家叶梅是土家族，在接受记者访问时说过："联合国教科文组织在译制我的

作品时曾指出我的作品是对鄂西土家族的民族风土人情描绘得特别写实,让全世界读者都感受到了土家族的民族特质。但实际上,民族的身份并非外在,而是深入血液中的,是一种与血缘相关的身份,一旦有合适的机会,它就会不自主地流露出来。也许我自己在写作中都没有意识到,但这种民族意识却自然地流淌在作品中,这是一种偶然,却也是必然的一种经历。"从叶梅的话中,我们可以看出,对于作家来说,无论其是否说出,但少数民族的身份对于他们来说,是一个印记,是一个文化烙印,在他们的作品中,有意无意地会表现出这一点。对于这些作家来说,他们都认同自我的民族身份,同时也都会思考本民族的命运与文化传承,这其实也是作家民族意识的体现之一。

二十世纪八十年代,改革开放刚开始,中国社会中民众的思想开始解放,寻根文学开始推动民族文学的创作。这个时期的文学作品创作非常繁荣,而且都积极地认同国家改革开放的政策。到了九十年代,改革开放逐渐深入,社会体制的变革也逐渐加快,西方文学思潮的涌入也进入一个高潮期,社会上文化的交锋越来越激烈,少数民族在文化上的弱势也渐渐体现,被西方强势文化所侵蚀。在这个现代性的转化过程中,也有一些少数民族作家对自身民族的身份产生了一些迷茫,他们的作品中也体现了这一认同、追溯、诉求。著名的彝族诗人吉狄马加的《追念》一诗就很好地表达出了这一内心的情怀,"我站在这里/我站在钢筋和水泥的阴影中/我被分割成两半/我站在这里/在有红灯和绿灯的街上/再也无法排遣心中的迷茫/妈妈,你能告诉我吗/我失去的心弦是否还能找到"。藏族作家阿来也说过,自己的创作主旨是"写的是在人类文明进程中被甩在后面的民族的处境。"

很多欧美作家在书写本族文化时,重点各有不同,但都会重点写到自己对本民族文化的认同。美国著名的作家博尔赫斯在接受记者采访时,说道:"对于我来说,民族因素特别重要。"虽然欧美国家的作家在描写自己民族时表达不同,但他们对本民族的认同感与文化传承意识都很强。他们的作品中,这些特点表现得非常明显,一方面他们的作品中有大量的民间故事和民间谚语,文本与本土文学联系密切。另一方面,他们的作品中大量地描写民族的记忆,同时用想象的方式对民族生活进行艺术化的加工。中国作家与西方作家由于生活地域与文化背景不同,他们的创作也有了巨大的不同,特别是民族书写的不同成为最大的区别。

(二)民族情感书写的比较

对人性的尊重,是中国少数民族作家进行汉文创作时的一个共同的心态,他们的作品中大多存在对哲学的思考、对生命的尊重、对文化的思考。像张承志在谈到创作《黄泥小屋》时说道:"我创作《黄泥小屋》,想描写我们回族人民生活的实际状态,同时也想把这些描写与我多年的学习体会结合起来,把这些描写与上个世纪后期世界上人们生存的现状的哲学思想结合在一起。……在回族地区,我看到回族人民的生活和他们身上的历史,加上对当前人类生存现状的思考,感觉有一致的地方。"

作家乌热尔图更注重在其作品中传递民族文化,她说道:"我们年轻的一代,热衷于新奇的事物,热衷于现代的生活,而我们的民族情感与古老文化,将在这一代手中失去传承的力量。这是一件让人感到凉惊的事。人,有意无意,都在以自己有限的生命过程来传递民族文化,人也是文化传承的一个链条。对于我的民族来说,人口不到两万,面临着现代文化的冲击,甚至还没来得及用文字记录下我们民族全部的文化特质。它面临的传承问题是什么? 有些人并没有意识到。对于我来说,我愿意通过我的作品,让读鄂温克人的小说的朋友,了解到我们这个民族跨越千年的历史,感受我们这个民族文化的温度。这并不是一个空想,是一个可以实现的目标,人们都要渴望着一种超越,一种文化上的、民族上的、生命上的超越。"

除此之外,中国的少数民族作家对作品是否反映社会现实特别重视,像回族作家沙叶新在其创作的《我的幕后语》中说过:"我认为在现在的中国,群众对作家的要求是写作的态度必须严肃和负责,只有这样做,才能保证中国的当代文学能够对现实生活产生影响。在我的作品中,很多都在讨论一些具有积极现实社会意义的话题,这也是反映我是在为活着的人而写作。我认为我们这一代已到中年的作家,责任心与使命感都极重,这也是中国传统文化中文心载道的思想对我们的影响,让我们的创作有了一个固定的心理定势。因此,我们拿起笔,总是想到时事,想到国家,想到人民。当然,这种写作态度也产生了一些问题,就是我们的作品总是严肃、忠诚的,但我们的作品也充满了太多的理念、太多的教训、太多的政治,太多的社会内容。特别值得难过的是,在当前文艺更加追求展现自我的情况下,有一些作家放弃了在作品中表达社会,但我却坚持旧有的思想,走自己的老路。虽然这条道并不平坦,甚至是荆棘丛生,但我也只能坚持走到底。"

中国文学进入新时期以来,"人性的回归""新写实主义"等思潮涌起。到了九十年代,文学体制改革,文学世俗化成为了一个潮流,特别是身体写作等情况的出现。但是中国少数民族作家的汉文创作的总体上还是偏重于人性与民族文学传承的情怀,也注意凸显社会现实意义。这也能看出少数民族作家的汉文创作一直以来重视社会责任感和文学使命感的传统。

少数民族作家还特别注意在作品中表达自我人生的体验,像作家牛汉在《谈谈我这个人,以及我的诗》一文中写道:"我的祖先是蒙古族,民族游牧习性,野生野长的传统,与我梦游有着宿命和血缘上的关系。蒙古族人善于征战,逐水草而居,随季节流动。蒙古族人生在马上,总是骑着马向远方奔跑,寻找着草场和水源。我就不愿意被限定在一个小圈子里,也不愿被驯服,这也许就是我们民族基因。"

关怀自然,是少数民族作家的天性,在他们的作品中,人与自然和谐相处是一个不变的理念,乌热尔图写道:"人永远不能离开森林,森林也离不开歌"。阿来在他的散文《大地的阶梯》中,也极其愤怒地斥责人类对森林和水源的破坏,痛斥人类的贪婪,这也表现了阿来对现代性与自然和谐冲突问题的关注。

作家叶广苓也表达了对生态环境破坏问题的关注。在其作品《老虎大福》后记《所罗门的指环》中写到了自己观察到的秦岭自然保护区中人与动物和谐相处的情景,表达了对生态保护的关注。

欧美国家的作家大多采用英语进行创作,但他们创作的主题与选材完全突破了一个民族的局限,而大多去描写人性或普世的价值观,这非常有利于英美等国文学突破自身局限向更大范围内传播。美国作家 Diana Chang 就说过,"我感觉我的第一部和第四部小说的起源都是中国,我感觉我是一个有中国背景的作家,我也努力把中国文化与美国文化用更大世界性的方式表现出来。因此,我在用英文创作时,写到在美国的生活总是融入我的自身背景。我感觉之所以我的作品中的角色和表达的情感对读者有吸引力,不光是因为作品中人物的际遇,也因为这种对身份与个性,还有文化背景的关注。"在她的作品中,读者可以隐约地感觉到背后"中国的过去"而与美国文化产生的交融与碰撞。这些异语文化下的自我记忆与现实生活产生的紧张冲突,为她的创作提供了大量丰富的素材和细节,也让她能够超越种族的局限,让作品能够被更多的读者所接受。

与中国少数民族汉文学相比,在西方文化背景下的英美文学除了书写人性之外,也多为写争取民族在主流社会的发言权的努力、写自我民族文化的需要、写反抗文化的误读、写反抗性别的歧视等。美国作家 Lisa Hung 在接受记者访问时曾说:"我的写作是一种表达,也是一种抗争,是在寻求发言权,一种个人在政治上的发言权。"而美国作家 Tony 也希望借当地历史和民间文化的传统表达其作品对民族的认同。他说道:"所有对历史有兴趣的,写到移民的作品中的美国人和民族传统都有着内在的联系。这是因为在历史上,我们就是带着民族传统来到美国的。这里提到的民族传统不是一个简单的概念,是指一种文化背景,一种生活方式,一种伦理体系,一种哲学思想。"Lisa Hung 在美国也是移民的身份,她的作品中,不但重视写美国民族的生活体验,也突出地表现移民者的心路历程。她的代表作《上海女孩》就被美国之音栏目评论道:这部作品写出了中国移民在美国的独特人生体验。而作者本人则说:"所有的移民都有着共同的情感体验,但是美国华裔,特别是移民华裔更有一个独有的体验。""我感觉所有在美国的中国移民的身上都有着中国的痕迹。无论来自于什么地方的人,都会有这种体验。"从上面作家的表述中我们可以看出,在美国的华裔作家心中,其创作都表达出了一种对平等身份的积极追求,也隐约地表达出了内在的一种对种族主义的抗争。

三、结束语

综上所述,通过对少数民族文学与西方英美文学自我民族书写比较,可以看出两者在民族认同书写上有较大的相似性,都会重点写到对本民族文化的认同,在民族情感上少数民族文学作品更强调对人性的尊重,在作品中突出本民族文化的传承以及表达自我人生体验,而西方英美文学作品则突破了民族的局限,更多地强调种族平等、反对种族歧视,为本民族寻求发言权。

作者简介:

王智音,内蒙古工业大学外国语学院教授,研究方向为英美文学和跨文化交际。

参考文献:

[1]郝明工.试论汉语文学及其三大构成[J].涪陵师范学院学报,2006,(5):1—8.

[2]王宁.中国比较文学学科的"全球本土化"历程及其走向[J].学术月刊,2006,(12):93—100.

[3]王宁.文学研究疆界的扩展和经典的重构[J].外国文学,2007,(6):69—78+125.

[4]杨荣.民族文学研究与比较文学联姻及意义[J].西华师范大学学报(哲学社会科学版),2011,(6):29—35.

[5]姑丽娜尔·吾甫力.比较文学视野下的中国少数民族文学研究:回顾与瞻望[J].中国比较文学,2011,(2):46—57.

[6]刘大先.当代少数民族文学批评:反思与重建[J].文艺理论研究,2005,(2):15—25.

[7]朱振武,綦亮.加拿大英语文学在中国的译介(1949—2009)——兼论社会

文化对文学翻译的制约[J].上海大学学报(社会科学版),2012,(4):39－50.

[8]洪治纲.中国当代文学视域中的新移民文学[J].中国社会科学,2012,、(11):132－155＋206－207.

[9]于翠叶.全球化语境下少数民族文学的发展定位研究——以英美民族文学创作为参照[J].贵州民族研究,2016,(2):100－103.

[10]刘积源.论英美少数族裔诺奖得主的成长与创作视域[J].贵州民族研究,2014,(1):88－91.

[11]李宏岩.英美文学参照下民族文学创作的文化认同差异[J].贵州民族研究,2015,(11):137－140.

寻爱之旅——电影 《蜜蜂的秘密生活》黑人女性主义内涵

王智音

（内蒙古工业大学外国语学院，内蒙古 呼和浩特 010080）

吉娜·普林斯·拜尔伍德所导的电影《蜜蜂的秘密生活》，是根据著名小说家苏·蒙克·基德的同名小说改编的。将黑人女性的故事与白人小孩莉莉的成长故事紧紧交织在一起，站在女性的角度，对当时男权主义社会女性所遭受到的歧视以及压迫进行描述。但是，电影《蜜蜂的秘密生活》和传统意义上的女性主义电影并不相同，也不是普通意义上对男权主义反击的批判性电影。虽然电影《蜜蜂的秘密生活》主要是对白人小孩莉莉的成长过程进行描述，但莉莉是一名不寻常的白人女性，在精神和身体上饱受父亲的百般折磨之下进行了逃脱，最终实现精神和心灵的独立、健康成长，完成蜕变的过程。然而，白人姑娘莉莉的成长过程却是和几个黑人女性的家庭相互交织在一起，在积极乐观、独立自强和具有鲜明的个性色彩的黑人女性的影响下，白人姑娘莉莉最终从受伤的心灵中走出来，并且学习黑人女性对待事情积极乐观的态度，开始了属于自己的新生活。这种积极的精神鼓舞让电影《蜜蜂的秘密生活》具有较为强烈的黑人独立女性主义色彩。与以往电影不同，此部电影中黑人女性不再是需要被人拯救的角色，并且成功地帮助白人女性走出自己的困境。

一、电影《蜜蜂的秘密生活》与黑人女性主义之间的关系

（一）解读黑人女性主义

白人女性为了追求属于自己的权利，发起了女性主义运动。这种运动最初是法国女性在男权主义社会的重重压迫下，对女性主体意识的觉醒，并且在不断的醒

悟中成长、发展,从而形成强大的力量,鼓励女性积极地捍卫自己的权益,完成女性解放运动。但是,在女性主义运动的一定时间范围内,黑人女性并不属于其中的集合。白人对黑人进行排斥,使得饱受摧残的黑人女性完全被排除在女性解放运动之外。与此同时,黑人女性不仅仅遭受着种族的歧视,而且黑人女性仍然处于男权主义的压迫下,使得黑人女性在身体和心灵上饱受摧残。当时美国的黑人女性不仅仅是男性的性发泄工具,也是廉价的劳动力,并且是可以买卖的物品。男权主义背景下,男性逐渐将黑人女性对自由、权利、公平的诉求进行削弱,并且对黑人女性进行打压。因此,当时美国的女性主义并不包括黑人女性,但是只有黑人女性主义才能使黑人女性对独立生活的渴望有正确定义。

(二)电影《蜜蜂的秘密生活》的阐述

电影《蜜蜂的秘密生活》讲述的是:白人姑娘莉莉出生在美国南方的一个小镇上,家庭极为令人绝望。身为母亲的黛博拉没有结婚就怀孕,产下莉莉之后便患上了抑郁症,想要脱离这个家庭。妻子的不辞而别,使得原本温暖的父亲提瑞的性格变得极其暴躁,对莉莉也没有丝毫关爱之心。莉莉在四岁时,因为一个意外的事情,触碰到了家里的手枪,并且失手打死了回家的母亲,让莉莉陷入无尽的自责,就是在这种家庭环境下度过了自己的童年生活。在破碎的家中,让她感觉到安慰和温暖的就是与自己身世相同的保姆——罗萨琳。时间不断地推移,就在莉莉14岁的时候,她逐渐开始觉醒,并且下定决心要离开这个令她悲伤欲绝的地方。莉莉和自己的黑人保姆按照母亲留下的遗言找到了叫“蒂伯龙”的小镇子,并且被三个养殖蜜蜂的黑人女性所收纳,走上了一条自我拯救和获得新生的道路。在黑人女性的养蜂场里,莉莉为甜蜜、温暖和虔诚所包围,慢慢地莉莉找回了自我,并且学会了坚强和宽容。

(三)在影片中的具体表现

电影《蜜蜂的秘密生活》给我们描绘了一个富有生机的自然环境。在蒂伯龙那个小镇,没有种族、性别的歧视,任何女性都可以按照自己想要的方式进行生活。[1]电影通过具有黑人女性特点的形象如蜜蜂、黑人圣母像等进行描述,为我们展示了黑人女性寻找爱的艰辛过程,这期间也存在痛苦、悲伤,小说对人与人之间的关系和爱护进行呼唤,希望可以实现相互平等,最终寻找到属于自己的幸福,从而实现完美的救赎。所以说,电影《蜜蜂的秘密生活》蕴含着具有很强的黑人女性主义的表述。

二、电影中性别与个体差异

（一）男女性别之间的差异

当时的美国社会笼罩在父权主义的环境下，男性是完美主义的化身，而女性却被当做是妖魔鬼怪的化身。由此来看，美国当时男性对女性的统治和压迫非常合乎当时的时代背景。黑人女性主义群体认为，男性和女性对情感的表达方式不尽相同，男性和女性的性格也不相同，并不是先天造就了男权主义。因此，男性并不见得在智慧或者其他方面比女性更强；与此同时，不同的女性之间也存在着不同的差异。所以说，黑人女性主义强调男性和女性之间的相对平等。

（二）不同个体之间的差异

电影《蜜蜂的秘密生活》中莉莉的父亲提瑞是当时美国社会男权主义的代表人物。提瑞由于对家庭生活的不满，使得自己的性格变得极为古怪甚至扭曲，对家庭中的人物丝毫没有一点关爱之情，使得莉莉和保姆顺理成章地变成了父亲的撒气筒。莉莉对父亲行为的种种表现，也解释了当时女性对男权主义的不满，标志着女性主义逐渐觉醒，希望可以不受男权主义的控制，并且具有完整的人格和独立的人权，向往平等而和谐的男女关系。

（三）黑人女性主义的求同存异

电影《蜜蜂的秘密生活》中主人公莉莉的成长，给我们展示了黑人女性主义关注人性的差异。[2]男性和女性不论是在性别或者个体中也存在一定的差异，是大自然赋予彼此特殊的能力和权利；与此同时，不同的女性个体之间也存在着一定程度的差异，也存在着一定的共性，需要彼此之间进行相互关心。因此，女性只有在实践中发现彼此之间的差异，才能争取到与男性相对平等的地位。

三、电影《蜜蜂的秘密生活》中女性之间的相互关心

（一）成长、发展过程中的驱动力

女性的成长发展过程中，都有一定程度上的困难和曲折，但是电影《蜜蜂的秘密生活》中强调女性个体之间的相互关系和帮助。白人姑娘莉莉按照母亲留下的信息进行寻找过程中，黑人保姆始终陪伴在莉莉的身边。令人心生敬佩的保姆罗

莎琳,代表具有母性特点的人物。莉莉的成长过程给我们讲述了一个道理,不同血缘关系、不同种族、不同阶级的人物之间,依然存在亲情。

(二)真实生命体验

电影《蜜蜂的秘密生活》给我们讲述了不同的女性虽然具有不同的生活经历和社会、婚姻观念,但是,她们都在积极地对自我尊严进行探索。莉莉在寻找母爱的路途中,不断地对自己进行反思,慢慢地开始理解他人,也学会了如何表达自己的爱,最终黑人女性的养蜂场成为了白人姑娘的巢穴。白人姑娘对母亲的追求是人性所使,那小镇黑人圣母像是白人姑娘的精神寄托。白人姑娘具有强烈的求生欲望,知道自己不能一味地生活在过去,需要懂得宽容和谅解。最终,白人姑娘在自己的努力之下,走出了自己的阴影,并且得到了他人的关爱。黑人姐妹中的"五月"的生活就不是那样的顺畅。姐姐"八月"帮助妹妹从困境中解脱出来。虽然"五月"患有严重的精神疾病,时长分不清人,但是她却承担着自己和别人不愿意承担的痛苦。

(三)黑人女性主义崛起的标志

黑人女性对不同的生活经历进行追求,使得她们自己的生命具有了新的意义,这也是黑人女性对自我价值的思考,也标志着黑人女性主义的崛起。但是,黑人女性主义和传统的女性主义不尽相同。黑人女性只有经历重重磨难之后,才能确定其思维,重新获得权力。

四、女性的话语权的意义

(一)话语权的重要性

在当时社会的背景下,黑人女性必须借助自身的力量来对女性主义内涵进行表达。黑人女性主义将话语权看做是最为重要的,只有掌握了话语权才能获取自由和平等。在男权主义的影响下,女生几乎没有什么发言权,常常被当做是男性的附属品,使得她们的地位变得越来越低下。因此,黑人女性缺乏话语权是女性受到压迫和歧视的主要原因。

（二）话语权在电影中的体现

电影《蜜蜂的秘密生活》中女主人公莉莉的父亲在家庭具有极强的话语权,可以对身边的任何事物和人物进行压迫、摧残。保姆罗萨琳想要在活动中投票,但是却在投票的过程中受到男性的殴打,并且招来牢狱之灾。[3]这些事情来源于男权主义制度下的重重压迫,使得女性完全失去了自己的话语权。莉莉最终的离家出走,就表现了对男权主义的不满,虽然刚开始内心充满胆怯和恐惧,但是经过生活的不断磨练使得莉莉慢慢地变成了一个坚强且具有反抗意识的女性。莉莉对父亲提瑞的理论进行彻底的颠覆,用自己的语言对男权主义进行重新的定位,这也是摆脱男权主义控制的一次尝试。最终,父亲提瑞在蒂伯龙小镇找到了自己的女儿,此时莉莉已经完全可以独立进行生活,不得已承认妻子死亡的事实,并不是抛夫弃子的人,妻子黛博拉重返家中的真实目的就是为了接走自己的女儿莉莉。

（三）女性话语权与男性之间的关系

女性并不是借助语言交流和沟通就能获得话语权。黑人女性主义者认为,话语和权力之间的关系是相当密切的。真正意义上的权利需要借助话语来实现,但这并不是说女性需要和男性进行绝对的对立,而是必须构建男女之间相互发展的社会环境。

结语

电影《蜜蜂的秘密生活》展示了女性在男权主义社会下所受到的种种压迫和摧残。通过对性别的分析,对女性的话语权进行强调,从而凸显了黑人女性主义的思想。电影中女主人公莉莉经过层层困难,找到了自我,走出了阴影。电影《蜜蜂的秘密生活》给观众完美地展示了黑人女性主义的思想,表达了女性对男权主义的痛恨,以及希望两性之间平等相处的美好愿望。

作者简介：

王智音,内蒙古工业大学外国语学院教授,研究方向为英美文学和跨文化交际。

参考文献：

[1]吕丽塔,胡龙青.爱是心灵成长和救赎的力量——试析《蜜蜂的秘密生活》

[J].时代文学(下半月),2009(7):47-48.

[2]史丽红.托尼·莫里森作品的黑人母爱主题解析[J].湖北经济学院学报：人文社会科学版,2015(12):124-125.

[3]李文芬.女权主义口述史:作为女权主义行动的口述史[J].中华女子学院学报,2015(6):86-92.

《庶出子女》中梅英的女性形象及其心理上的二元对立

刘天玮[1]，魏莉[2]

（1. 内蒙古工业大学外国语学院，内蒙古，呼和浩特 010080；
2. 内蒙古大学外国语学院，内蒙古，呼和浩特 010021）

摘要：《庶出子女》是加拿大华裔女作家丹尼斯·钟的成名作，着重刻画了家族中第一代女性祖母梅英的人生经历及其命运多舛，展现了被男权主义置于边缘位置的加拿大华裔女性的生存困境和精神诉求。本文分析了以梅英为缩影的加拿大华裔女性对男权主义的反抗与屈从的二元对立，旨在说明女性只有从文化意识上，从心理层面上自觉培养女性的自主意识，才能真正结束女性受男权主义奴役的命运。

关键词：《庶出子女》；男权主义；反抗；屈从

一、引言

《庶出子女》是加拿大华裔女作家丹尼斯·钟的成名作，这部作品获得了包括"温哥华市最佳图书奖"和"加拿大总督文学奖"提名奖在内的众多奖项。《庶出子女》写实性地记录了作者家族中三代加拿大华人的奋斗与抗争。与其他加拿大华裔作家的作品相比，《庶出子女》的独特之处在于作者通过讲述一位处于社会最底层的早期移民加拿大的华人妇女的悲惨命运，揭露了早期移民加拿大的华人妇女鲜为人知的真实境遇，，填充了有关早期加拿大华裔女性的历史记录方面的空白。作者写实性的描写呈现出一段令人震惊的史实——这些华人妇女不仅是种族歧视的牺牲品，更是男权主义的牺牲品，她们被当做商品一样买卖，沦为妓女的角色。在这部家族史中，作者着重刻画了家族中第一代女性祖母梅英的人生经历及其命运多舛，围绕梅英移民加拿大后的坎坷命运展开叙述，反映了早期加拿大华裔女性的悲惨生活，展现了被男权主义置于边缘位置的加拿大华裔女性的生存困境和精神诉求。本文分析了以梅英为缩影的加拿大华裔女性对男权主义的反抗与屈从的二元对立。作为第一代移民,以梅英为代表的加拿大华裔女性在反抗男权主义道路上的艰难前行。她们用自己的言行争取了女性的权利,打破了以男性为中心的文化模式。然而,作为潜移默化受到中国封建社会男权主义深刻毒害的中国传统女性,男权主义在她们的思想意识中根深蒂固,因此她们同时显示出对男权主义的屈从。

二、对男权主义的反抗

西蒙·德·波伏娃说过,"女人不是天生的,而是后天形成的。生物、心理和经济命运都不能决定女性在社会中的地位:是文明从总体上造就了位于男人与宦官之间、被称为女子的这一生物。"[1]42父权制出现之后,男性在社会和家庭中占据了统治地位。"从此女性被禁囿于男权主义的樊篱之内,生存在被玩赏,供使用的'第二性'中。"[2]4女性被灌输以男权主义,女性特质因而被定义为他者的、对立的、被排斥的。男权主义不断强化女性作为客体的从属身份,把女性限制在家庭范围之内,承担着生殖与家务的责任,被剥夺了平等的社会地位、社会权利和尊严。中国社会几千年以来一直受男权制度的主宰。在男权制度统治下的社会结构中,男性位于权力的巅峰,女性处于从属地位,被边缘化为"第二性",被异化为性别的"他者"。男权制度将"三从四德""三纲五常"这些古训强加于女性身上,使女性丧失了自主意识。一夫多妻制度是男权制度对女性更深重的迫害。男人除了娶嫡妻,还可以纳妾,以满足男性的性欲,完成传宗接代的家族使命。在中国封建社会,"三妻四妾"体现着男人的社会地位和威望,是男人的向往。在等级制度森严的中国封建社会家庭结构中,妾处于等级的最低层,不仅服从于男性,而且要服从于嫡妻,所生子女也在名义上归嫡妻所有。妾被商品化,被物化,可以被买卖,也可以被遗弃。

根据加拿大华人移民史的记载,制度化的种族歧视和由此产生的人头税和《排华法案》等歧视性的政策造成了一个扭曲的华人单身汉社会。在这个社会中,华人男子长期被迫与远在中国故土的妻儿分离。由于支付不起高达五百加元的人头税,华人男子不能把中国的妻儿接到加拿大团圆,华人社区男女比例严重失调。这种单身汉生活使得华人劳工陷入极端苦闷的精神状态和生活当中。更严重的是,它威胁到中国社会中传统的传宗接代的使命。于是在唐人街出现了购买中国女子做妾的现象。在《庶出子女》这部家族史的记录中,梅英就是作为山姆的妾被卖到加拿大,首先沦为山姆的生育工具。在加拿大的唐人街,梅英被安排在茶楼作女招待,又沦为山姆的赚钱工具。茶楼女招待在中国封建社会的男性眼中等同于妓女的角色。梅英在男性的"窥视"下沦为供男性玩赏的物。在加拿大对华人的种族歧视,更是在唐人街华人社区内部男性对女性的性别压迫之下,梅英渐渐表现出反抗性,追求独立自由。她首先赢得了经济独立,依靠自己的坚强和聪明养活自己女儿以及整个家庭,成为家庭中实际的赡养者;她追求精神自由,离开山姆另外寻找自己的爱情;当山姆把她当做商品卖给另外男人时,她大声发出反抗的声音,"我不是商品,不是用来买卖的。你这么贪婪,你怎么能这样呢?他永远不会给你付钱的。我想怎么做就怎么做。"[3]125梅英把语言作为反抗男权主义的工具,用话语权捍卫了女性的权利,打破了长久以来女性在男权主义的压迫下表现出的"静默",颠覆了中国传统的男权中心话语;她还刻意身着男装,违反男性对女性一贯的审美标准,穿梭于男性群体之间,着意打破男权主义压迫下中国传统依附型女性软弱和顺从的形象。

《庶出子女》这本书的书名说明了梅英的身份——"妾",这个在中国封建社会男权主义中被边缘化了的身份。作者把这个边缘化了的人物作为作品的主人公,体现了一对二元对立的矛盾——边缘与中心的矛盾:妾这个边缘化了的人物肩负起了赡养整个家庭的责任,实际上成为了这个家庭的中心人物。作者通过这一对二元对立的矛盾反映出中国的男权主义对女性不公正的对待,打破了男权主义强加于女性身上的"静默"。丹尼斯以加拿大华裔女性作家特有的立场、笔调和视角,还原了梅英被男权主义歪曲和误判的形象,为梅英发出了抵抗男权主义的声音,叙述了加拿大华人历史中女性群体"不为人知的另一面,改变了女性形象缺失,声音失落的历史局面。"[4]55

三、对男权主义的屈从

在男权主义的潜移默化之下,女性内化了男权主义的种种价值观,逐渐把自己客体化,以男性审视的目光看待自己的性别,进入了自己被男权主义规定的角色类别。莫尼卡·威蒂格说过,"对于女性,意识形态影响深远,使我们身心都受其操纵。我们被迫从肉体上和思维上去逐条迎合为我们而设立的女性先天'属性'。"[1]542作为在中国封建社会中成长的旧式女子,男权主义在梅英的精神上打下了深深的烙印。尽管她对男权主义表现出反抗性,但是在男权主义的笼罩之下,她无法从思想和认知的高度去审视、批判和反抗男权主义。她悲剧的一生浓缩了女性在男权主义封闭和压迫下无奈的屈从。

梅英的婚姻就是屈从于男权主义的结果。梅英的婚姻并不是严格意义上的婚姻,而是一桩被人操纵从中获利的交易。梅英在其中是牺牲品,是受害者。在中国的封建社会,女性的地位很卑微,没有自主选择婚姻的权利。在这一所谓的婚姻中,梅英丧失了作为主体的独立性。梅英被卖给"金山客"山姆后,尽管对自己的婚姻充满了失望,对山姆满腹怨恨,但挣脱枷锁争取自由的途径——离婚,又是她最惧怕的。"不管梅英对她的命运有何种失望和怨恨的感受,她始终被束缚在儒家文化制定的教条之中,这些教条伴随她来到了大洋彼岸。传统的中国女性害怕离婚,因为离婚意味着女人被逐出夫家大门。一个离了婚的女人,无论是在她有生之年还是百年之后,都是被社会遗弃的。"[3]30 所以,梅英没有考虑过离婚,而是选择另一个男人带她逃离婚姻。但是在男权主义中,两性关系不是互动的、双向的,而是单维的。女性被灌输以男权主义,所以骨子里相信男性充当着女性的拯救者,也充当着女性的引路人。因此梅英希望她的情夫袁带领她跳出生活的泥潭。梅英的这种思想和选择使她自己陷入了另一场悲剧之中,梅英与袁的爱情在维系了十七年之后,以袁对她的抛弃而收场。女性依赖男性去实现自我拯救,这本身就是悲剧。梅英悲剧的根源在于她对男权主义不能从根本上进行反抗,她没有找到真正的主体存在价值作为其精神支柱,她缺乏根本意义上的自我拯救,也谈不上自觉地培养女性自主意识和构建女性自我身份。"女性的主体意识,简单说来,就是女性对于自己作为与男人平等的人或主体的存在地位的自觉意识。"[5]28

梅英对男权主义的屈从还表现在她对女儿庆的教育观念和教育方式上面。由于男权主义早已在梅英的脑海里根深蒂固,中国人的子嗣意识在她身上有着充分的体现,因此梅英迫切想要一个儿子。女儿庆的出生令她失望之后,她收养了一个儿子,并且让尚在读书的庆照料养子,让幼小的庆承担过多的家务,忽视和剥夺了了庆应有的权利。庆成年之后,梅英甚至干涉庆对婚姻的自由选择。这是男权主义中男尊女卑,重男轻女的思想的体现。她用男权主义的价值观教育女儿,训练女儿,造成了激烈的母女矛盾。梅英骨子里抹不去的男权主义意识给女儿庆带来了深深的伤害,也使女儿对她排斥、疏离和怨恨。此外,梅英沾染的种种恶习——酗酒、赌博和与其他男人有染恰恰是唐人街单身男子共有的习性。梅英的服饰也刻意符合男人的形象。梅英用这些极端的方式反抗男权主义,声明她不再是男权主义对女性的标准中柔顺、软弱的女性。但是梅英思想深处将柔顺和软弱划分为女性的特质,这实际上是把女性男性化了,把女性贬低了。梅英从一个极端走向了另一个极端,她盲目地模仿男性的特征和生活方式,表现出对自己作为"女性"这个性别的否定,折射出她对男权主义的屈从。这样的行为意识使她无法从根本上摆脱女性的客体地位。

四、结语

造成梅英悲惨遭遇的外因是种族歧视和性别歧视的双重压迫,而内因是梅英缺乏自觉的精神拯救的意识,是由于她不能从根本意义上建构女性的主体意识。但是考虑到特定的社会历史环境不能给像梅英这样的早期加拿大华裔女性接受教育的机会,不能让她们接受西方女权主义思潮的熏陶,我们就不能对梅英过于苛求。因为她毕竟对男权主义发出了反抗的声音,而且在很大程度上解构了男权主义,也尝试了女性构建其主体性的可能性。从梅英的遭遇我们可以总结出,女性主体性的建构要靠女性思想上的理性探索,要运用知识作为挣脱男权主义桎梏的武器。女性只有从文化意识上,从心理层面上自觉地培养女性的自主意识,才能真正结束女性受男权主义奴役的命运。

作者简介:

刘天玮,内蒙古工业大学外国语学院讲师,研究方向为西方文论和西方文学。

魏莉,文学博士,内蒙古大学外国语学院教授,研究方向为世界文学和比较文学与英语文学。

参考文献:

[1]朱刚.二十世纪西方文论[M].北京:北京大学出版,2007.

[2]王恩铭.20世纪美国妇女研究[M].上海:上海外语教育出版社,2002.

[3]Denise Chong. The Concubine's Children—Portrait of a Family Divided[M]. Viking Penguin Books Canada Limited,1994.

[4]程倩.女性生命本真的历史叙述——拜厄特小说《占有》之女性主义解读[J].北京大学学报,2003(3).

[5]黄宇新.迷失在男权樊篱中的"第二性"[J].牡丹江师范学院学报(哲学社会科学版),2004(2).

《庶出子女》中加拿大华裔女性
身份的动态建构

刘天玮[1]，魏莉[2]

（1.内蒙古工业大学外国语学院，内蒙古 呼和浩特 010080；
2.内蒙古大学外国语学院，内蒙古 呼和浩特 010021）

摘要：《庶出子女——一个分居家庭的画像》是加拿大知名华裔女作家丹尼斯·钟的成名作。它写实性地记录了丹尼斯·钟家族三代人的移民生活和不同历史阶段加拿大华人的移民历史。根据文化研究相关理论，特定的历史背景和社会制度赋予族群特定的文化归属性，这又导致了身份认同永远处于建构过程中的动态状态。对于女性主义者而言，女性身份建构是通过书写体现社会体制和权利结构的日常经验和关系而完成的。本文以文化研究和女性主义双重视角，采取文本细读的方法，分析了加拿大华裔女性身份的动态建构过程。

关键词：《庶出子女》；男权主义；反抗；屈从

一

《庶出子女——一个分居家庭的画像》（另译作《妾的儿女》）是加拿大知名华裔女作家丹尼斯·钟的成名作。它写实性地记录了丹尼斯·钟家族三代人的移民生活和不同历史阶段加拿大华人的移民历史。这部小说获得过"温哥华市最佳图书奖"和"加拿大总督文学奖"的提名，新近又与李群英（SKYlee）的《残月楼》（*Disappearing Moon Cafe*）、崔维斯（Wayson Choy）的《玉牡丹》（Jade Penoy）、余兆昌（*Paul Yee*）的《幽灵列车》（Ghost Train）等几部获奖的加拿大华裔英语小说同在中国被翻译成中文介绍给读者。至此，加拿大华人移民的历史进一步展现于大众面前，其中早期华人隐秘、悲惨、催人泪下的受歧视、迫害的经历和在加拿大生根发芽的奋斗历程震撼了中国学术界和众多读者。

《庶出子女》这部小说的宝贵之处在于,作者通过揭示隐秘家族史,即写实性记录了早期加拿大华人移民历史,又透视了三代加拿大华裔女性文化归属、文化身份的变化过程。在多元文化发展的今天,移民大潮中的中华儿女散居世界各地,文化混杂这个概念日益变得难以解读,这部小说是后殖民理论、文化研究理论很好的研究文本,对海外华人文化身份的发展特点可以起到启示作用。在此之前,笔者已运用女权主义理论分析了《庶出子女》中祖母梅英(May-ying)的女性形象,也从中国传统家庭观角度解读过祖父陈山姆(Chan Sam)、梅英和他们的女儿庆(Hing)的思想、行为。本文采取文本细读的方法,基于霍尔的文化身份相关理论试着梳理家族中三代华裔女性文化身份的演变历程。众所周知,斯图亚特·霍尔是英国伯明翰大学文化研究中心的中坚力量,他前期的研究集中于文化编码、解码和大众媒介,后期则转向了文化身份问题研究。在他之前,后殖民理论家霍米·巴巴已经论述过文化身份的变异、变化、发展的问题,提出过"文化混杂"(Hybridities)这个概念,萨义德也强调过身份是通过与他人的比较而形成的。

霍尔在此基础上进一步深化了这些理论,他认为,第一,身份认同是个动态的、不断"生产"过程,是"运动的""延异的",要回答"我可能会成为什么"的问题;第二,身份不是从外部建构的,而是通过差异、依赖"自我叙述"完成的。文化身份是一个民族集体分享的文化特性、历史记忆和语言。"文化身份牵涉三个方面的内容:角色定位;自我的认同;他人的认同。"[1]220 他人认同影响自我认同,从而影响到角色定位。因此从这个意义上说,文化身份是通过与他人的比较即差异性建构而成。强调二元对立、非此即彼的本质主义者把身份看作固定的、静态的,即构成身份的自我有一个稳固的核心。本质主义者认为那些本质的差别,如白种人和非白种人之间、男性和女性之间、西方和东方之间是自然的,这也是结构主义者二元对立的观点。而非本质主义者则认为,这些差别是人为的,是权利话语、文化霸权、社会意识形态划分的,因此这些差别是可以被颠覆、被解构、被重新建构的。文化身份不是固定的,每一个阶段、每一代群体的文化身份有差异。

二

祖母梅英(May-ying)是家族中第一代扎根于加拿大的华人。以其为缩影的第一代华人生活在唐人街,他们满怀乡愁、情系家乡、根在中国,梦想有朝一日衣锦还乡。像梅英这样的女性在唐人街里很稀少,她是丈夫陈山姆(Chan Sam)为了延续香火,远渡中国买来的妾。最为不幸是,梅英被丈夫安排在茶馆做女招待,挣来的钱寄回中国以买地盖房。女招待这个职业意味着什么,不言而喻,很多女招待生的孩子连自己的父亲是谁都不知道。在唐人街,梅英主要对抗的还是中国的男权主义,种族歧视还在其次。梅英在唐人街还是可以做一个传统意义上的中国人,她的文化身份中起支配作用的是中国传统文化。中国男权社会产生了"妾"这种制度,这种制度赋予了男性纳妾权利,男女这种权利差异转化为意识形态和文化灌输以"妾"的从属地位(从属于丈夫、正妻)的意识形态上的合法化,从而导致了梅英的"自我叙述"是应该为丈夫、正妻和家庭利益牺牲,因此最初梅英对自己的身份认同就是"妾"。

但是梅英在庆出生之后,女性意识逐渐苏醒,"当人们看到梅英穿成这样(马甲、领带、男士礼帽)出现在赌馆、游逛在唐人街的时候,似乎在声明她在这个男人的世界里正在建立自己的地位,声明女人也可以不依赖男人而独立生存,应该得到人们的尊重。也许,她的着装更断言了女人可以想怎么活就怎么活。"[2]123-124当山姆质疑梅英与周刚(Chou Guen)的关系而索要赔款时,"如果你想跟他一起生活,我不会妨碍你,但是有一个条件,他得付给我 3000 加元。"[2]125梅英厌恶自己再次被当做商品卖掉,断然说:"我不会被卖来卖去的,你太贪心了! 你怎么能这么做呢? 他不会给你钱的,而且我想怎么做就怎么做。"[2]125梅英后来逐渐成长为具有女性意识的斗士,她坚强、奋争,不向男权文化妥协。

但是,梅英是个双面矛盾的角色,除了女斗士形象,又展现出严厉、冷酷、男权化的一面,她将男权文化强加于女儿。梅英虽然强烈反抗男权文化,但对女儿庆的要求还是中国传统文化的内容。梅英曾经热切盼望庆是个男孩,结果庆出生后成为梅英不想要的第 3 个女儿,以至于摆满月酒时,梅英"失手"将庆摔下楼梯,差点摔死。庆才两个月大的时候,梅英就抛弃过女儿,离开温哥华,逃到纳奈莫唐人街去生活。庆稍大点的时候梅英为了有儿子养老送终,收养了继子,从此庆除了要常常面对母亲的责罚之外,还要承担照顾弟弟的责任。梅英从一个女斗士的形象转眼变成了重男轻女的封建社会的冷酷母亲。

三

父母分道扬镳,庆从此失去了父爱。母亲又贫穷、好赌、酗酒、随意交男友,对女儿轻则责骂、重则体罚,庆从小生活在破裂的家庭里。1939—1941 年这 3 年间,梅英把庆独自留在温哥华,只带了养子一同去了加拿大中南部城市温尼伯。庆怨恨母亲,也感觉自己笨拙丑陋,她把所有精力投入到学习中,无论在中文学校还是英文学校她的成绩都是数一数二。在加拿大的家庭分崩离析、支离破碎,而在中国,山姆的妻子黄柏(Huangbo)、梅英的女儿萍(Ping)和她同父异母的弟弟元

(Yuen)组成的家庭却是温情脉脉。父亲山姆在中国家庭成员眼中是何等地高大、慈祥,而梅英在山姆的叙述中给家人留下了赌博酗酒、不守妇道的形象。家人都忽视了梅英给这个家庭做出的牺牲和付出,所有人都不了解加拿大的家庭过的何等艰辛。其实,山姆、梅英和庆都是牺牲了自己或被牺牲了去供养、保护、延续大陆那个家庭。从小失去父母的亲情,庆体会不到家庭是什么,自然更加无法理解在中国人的传统观念中,为了家庭的团圆、完整、延续、和富足可以倾其一生、死而后已。庆在唐人街的成长经历使她的心灵裂缝了、感情破碎了,整个人缺失了一块,不再完整。

庆是三代人中最挣扎的一代。她的痛苦是多维的。同其他所有土生华裔一样,为了在白人社会中生存发展,她要克服种族歧视带来的阻碍去奋争,为了让白人社会接纳自己,她需要减少与白人的差异、接受白人的文化和价值观,需要不断改变自己从小在唐人街接受的文化和教育,因此她呈现出的文化身份是杂糅的。可以说,她不停在思考"我可能会成为什么"。然而,主流社会潜移默化地通过学校教育、大众媒介等传播手段,使权利话语肆意横行,文化霸权无所不在,使种族歧视的意识形态合法化、合理化,最终内化为白人和华人的"自我叙述",建构起西方文化优越于中国文化的认同,这就是霍尔论述的"身份是建构在语篇内部而不是在外部。"[3]5庆需要正视自己与白人的差异,这种差异植根于血统和历史渊源当中,她需要找到自己在两种文化的交叉、融合当中恰当的坐标,需要形成自己独特的文化身份。在不断前进的过程中,缺失的那部分始终对身份认同的形成造成障碍。根据霍尔的观点,文化身份是通过"它正好所欠缺的方面的关系"[3]5建构而成。家庭和亲情正是庆缺失的部分。庆和女儿回到中国寻找亲人的举动不应简单理解为复制或回归中国传统文化。她们需要真正了解中国文化,尤其是中国传统的家庭观念,需要理解祖先奋斗一生的动机,需要找到中国文化与西方文化的差异。她们探究自己的出身、历史渊源是在逐步完成对"自我的叙述"。到了丹尼斯·钟这一代,加拿大政府开始奉行多元文化主义,政策的改变导致了新一代华裔移民与白人之间的权利差异相对减少,华人社会地位相对提高。在接受中加文化不同的前提下,华人积极地寻求与西方社会的对话交流。许多华裔作家、社会活动家着手挖掘和重建华裔移民历史,揭示被权力机构、殖民话语和文化霸权掩盖了的历史真相,意在提醒世人早期华人对加拿大发展的贡献。

丹尼斯写此书的目的之一是向包括加拿大和中国的读者展示早期加拿大华人,特别是加拿大华裔女性,经历的艰辛、做出的贡献以及付出的代价。正如作者在小说的尾声写道,"她(庆)没有告诉萍和元……他们当里程碑一样珍贵的房子是建立在她母亲(梅英)的脊梁之上,是靠着她做女招待的机敏狡猾赚来的薪水,而她也不得不因此一辈子过着女招待的生活。"[2]254丹尼斯不是"寻根派",没有打出"回归中国文化"这样类似民族主义的标语,她返回中国是帮助母亲寻找生命里遗失的那个重要部分—中国文化中的家庭观,缺失了这个部分,加拿大华裔的文化身份就不能健康完整的建构。读者可能注意到,在这部作品中,作者浓墨重彩刻画女性形象——她的祖母和母亲。尽管梅英有那么多负面内容,但是丹尼斯却能够理解梅英不幸的遭遇,对她心生敬佩。此外,母亲庆孤独无依的成长,她感同身受;母亲艰苦卓绝的奋斗,她由衷钦佩。在她的作品中,女性人物始终鲜明耀眼。借此,丹尼斯突出了加拿大华裔女性在这片陌生的土地上,除了承受身体上的辛劳,更要在女性意识和男权文化的较量中、中国文化与加拿大文化的碰撞中艰难寻找自我位置和身份坐标。丹尼斯颂扬这些坚忍不拔、奋斗进取的华裔女性,这种积极的、不懈的寻找自我和探求文化身份的精神才是作者最为提倡的。

作者简介:

刘天玮,内蒙古工业大学外国语学院讲师,研究方向为西方文论和西方文学。

魏莉,文学博士,内蒙古大学外国语学院教授,研究方向为世界文学和比较文学与英语文学。

[参考文献]

[1]王玉莉.当代西方社会思潮[M].中国石化出版社,2012.

[2]Denise Chong. The Concubine's Children—Portrait of a Family Divided [M]. Viking Penguin Books Canada Limited,1994.

[3](英)斯图亚特·霍尔,保罗·杜盖伊.文化身份问题研究[M].庞璃,译.河南大学出版社,2010.

《英国病人》中的存在主义意蕴

刘天玮　苗　娟

（内蒙古工业大学外国语学院，内蒙古 呼和浩特 010080）

摘要：加拿大作家迈克尔·翁达杰的小说《英国病人》关注个体在社会总体机制下和历史大潮中的存在状态，透视出个体面对群体、大众、制度和潮流所遭受的淹没感和虚无感，以及个体在极限境遇中做出的选择和找回本真自我的努力。从这个视角来看，小说解读了人生的存在意蕴。本文以存在主义哲学思想为基础，阐释了小说人物表现出的有关选择、道德、主体自由精神等方面的存在主义意蕴。

关键词：《英国病人》；存在；选择；自由；道德

引　言

　　加拿大作家迈克尔·翁达杰是享誉世界的国际性作家。他曾荣获众多奖项，包括加拿大文学的最高奖项——加拿大总督奖、英国布克奖、澳大利亚文学奖和多伦多图书奖等。早年翁达杰擅长诗歌写作，他的两首诗歌《我们在墓地》和《信及其它的世界》被选入1975年修订版的《诺顿诗选》。翁达杰后期专注于小说创作。他共著有五部小说，其中的三部《英国病人》（1992）、《菩萨凝视的岛屿》（2000）和《遥望》（2007）均荣获加拿大文学的最高奖项——加拿大总督文学奖。小说《英国病人》于1992年获英国布莱克奖，同年获加拿大总督奖和崔灵奖。后经改编于1996年搬上银幕，于1997年荣获了第69届九项奥斯卡奖。《英国病人》关注个体在社会总体机制下和历史大潮中的存在状态，透视出个体面对群体、大众、制度和潮流所遭受的淹没感和虚无感,以及个体在极限境遇中做出的选择和找回本真自我的努力。从这个视角来看,小说解读了人生的存在意蕴。国内学者对《英国病人》多从后殖民主义角度,采用霍米·巴巴的"第三空间"和"他者"的概念解读,关注小说中的文化身份、空间意义和政治意义。本文以存在主义哲学思想为基础,阐释了小说人物表现出的有关选择、道德、主体自由精神等方面的存在主义意蕴。

一、存在主义理论

存在主义首先是一种哲学思潮,盛行于二十世纪五六十年代的西方,进而影响到文学、艺术、社会生活的各个领域。在萨特、加缪、波伏娃的努力下,存在主义发展成一种社会思潮,对西方社会产生了重要影响。存在主义的出现和发展有着深刻的社会历史根源。二十世纪中期,西方世界经历过两次世界大战和经济危机之后,人们出现了信仰危机,启蒙运动所宣传的自由、民主、理性和博爱的精神被现实击得粉碎。存在主义在这样的社会历史背景下产生。萨特、加缪、波伏娃是二十世纪存在主义的代表人物。存在主义首先揭示了世界的虚无和荒谬,表现了人与人之间的敌对、冷漠和争斗,表达了人类的悲观和绝望。在萨特的作品《禁闭》中,作者用象征和隐喻,以三个鬼魂作为故事人物,表现了人与人之间的疏离和冲突,突出了"他人即地狱"这个主题。在加缪的代表作《局外人》之中,表现了二十世纪中期充斥于西方社会的一种极端冷漠的态度,人们对身边与自己息息相关的一切都漠不关心,变成了社会以及自我的"局外人"。

但是,存在主义没有停留在悲观绝望上面,它提出个体是自由的,应该勇于选择、勇于承担,积极行动,主动设计未来。没有一个人生来就是什么样子的,一个人的未来由他自己的行动所决定。所以,存在主义的代表人物萨特提出了他的著名论断"存在先于本质",意思是人的本性、品质和性格不是注定的,而是随着生存环境、生活境遇的变化而改变。人作为自由独立的个体,不必按照既定的参照标准去要求自己,而是应该独立思考,用坚强的意志力去规划未来、塑造自己。萨特强调的是人要拥有自我,自我感即存在感。萨特不仅是存在主义哲学家和作家,更是积极的行动者。他身体力行地宣扬存在主义精神,在各政党之间保持审慎独立的态度,支持世界各地的反法西斯战争和民族独立解放运动,反对各种极权主义。波伏娃是萨特的终身伴侣。作为女性存在主义哲学家,她运用存在主义的核心观点"存在先于本质"研究女性作为男性的"他者"的存在境遇,写出了女权主义的奠基之作《第二性》,提出"女人不是天生的"的论断,倡导女性应该争取独立和自由。在加缪的另一部五幕剧《正义的暗杀者》中,体现了他对存在主义的另外一种诠释:反对集体革命。加缪虽然反对萨特倡导的以暴力对抗暴力去获得自由的主张,但他的"西西弗式的英雄"充满了主体自由精神,意识到荒诞,但蔑视荒诞,这是反抗命运的另一种方式。存在主义之后的各种哲学社会思潮如女权主义、后殖民主义、文化研究都有存在主义的影子。后殖民主义关于争取自由、摆脱奴役、抵制西方后殖民文化思想的灌输,这些思想内容也是存在主义倡导的。霍米·巴巴深受萨特的影响,他的文化研究批评理论中对于大众媒体的批判也见之于存在主义。

二、情感、道德、选择

《英国病人》透视了在战争这样的极限境遇、群体性活动中和社会总体机制下个体的选择。故事发生在 1945 年 4 月左右佛罗伦萨北部的一所废弃别墅里。故事的人物是来自不同国家和地域的四个人:加拿大护士加纳、加拿大间谍卡拉瓦焦、印度拆弹兵基普和以"英国病人"命名的匈牙利伯爵奥尔马希。由奥尔马希的回忆引出的人物还有凯瑟琳和她的英国丈夫。随着奥尔马希的回忆,叙事地点切换到了埃及沙漠。全文贯穿着两条线索,这两条线索相互穿插,共同推动小说情节向前发展,呈现出各个人物的内心世界。第一条线索是"英国病人"的回忆。他的回忆之中出现了几个主要的人物形象,即奥尔马希、凯瑟琳和她的丈夫杰弗里·克利夫顿。在回忆中英国病人的身份是匈牙利伯爵奥尔马希,是为英帝国服务的一名盟军成员。第二条线索是哈纳、基普和卡拉瓦焦各自的战争经历和爱情。第二条线索在第一条线索的影响和指引下延伸。别墅中的其他三个人物受到英国病人的故事的感染和影响,折射出战争对人造成的创伤。

在《英国病人》中,被人称作"英国病人"的奥尔马希的真实身份不是英国人,而是匈牙利伯爵。他的任务是进驻埃及沙漠绘制地图,给英国人提供情报。他的一举一动皆处于英国情报部门的监控之下,包括他与凯瑟琳的感情发展。奥尔马希为了救凯瑟琳,将极具情报价值的地图交给了德军,背叛了英国和他为之工作的组织。面对濒临死亡的情人,奥尔马希有两种选择,一是忠于自己为之服务的组织、忠于英国,二是忠于自我、忠于爱情。他在求助英国人未果的情况下,选择了忠于自我,忠于对凯瑟琳的爱情。奥尔马希在选择的时候,面临着道德的审判。"道德"是存在主义哲学中一个非常重要的伦理概念。存在主义的道德观认为,任何极权制度,都是对个人尊严、个人自由和个人价值的侵犯;没有任何事情能够束缚人的自由,包括道德。更重要的是,要根据当事人所处的具体境遇和情况去判断他是否道德。违反道德标准的人不一定都是恶人。因此,从存在主义的角度分析,任何人无权说奥尔马希违背了道德。既然奥尔马希为之服务的英国拒绝帮助他,他只能求助于自己。奥尔马希这个人物获得了众多读者的同情,他对凯瑟琳的理解、爱情、救援,是美好的,具有引人向善的力量。另外,奥尔马希成为"英国病人"之后,躺在病榻上,对哈纳、卡拉瓦焦和基普讲述着自己的经历,对这三个人起到了引导和"净化"的作用。亚里士多德讲过,悲剧具有净化人心灵的作用。奥尔马希悲剧的净化作用在于,别墅中的三个人物,特别是哈纳,在战争这样的极限境遇中,努力去寻找被淹没的自我。作品充分体现了文学的"人文关怀",体现了对人的价值、尊严、心灵、命运的密切关注和深入探索。

奥尔马希的情人凯瑟琳也不能简单地被判定为不道德或背叛婚姻的女人。事实上,比起凯瑟琳的新婚丈夫杰弗里·克利夫顿,奥尔马希与凯瑟琳的灵魂更为接近。奥尔马希观察到,"在开罗过了那一个月后,她变得沉默了,不停地看书,总是一个人独处,好像发生了什么事……她正在认识自己,这让人看了心痛,但是杰弗里·克利夫顿没有察觉到她的自我教育。"[1]杰弗里·克利夫顿对凯瑟琳的外表,对她"优美的手臂,极细的脚裸"[2]赞赏不已。对于妻子的内心世界,杰弗里·克利夫顿知之甚少,凯瑟琳已经被丈夫"物化"。这如同一个人炫耀他收藏的艺术品时的虚荣心理。因此,杰弗里·克利夫顿对妻子不是爱,而是占有,缺乏尊重,更谈不上理解和交流,他只是将妻子当做一件价值不菲的物品加以炫耀,供人赏玩。存在主义哲学反对异化,认为把人异化或物化,当成工具,是不道德的事情。波伏娃在《第二性》中论述了女性如何被男权社会异化和物化,倡导女性要自由选择。萨特也在《存在主义是一种人道主义》中讲道,道德是建立在"禁止人们利用人作为达到一个目的的东西或者工具的原则之上"[3]杰弗里·克利夫顿是英国贵族,作为丈夫,他将妻子当做物品,违反了存在主义的道德原则;作为英国的统治阶级的缩影,他将其他民族的人民作为工具去参加战争,同样违反了存在主义的道德原则。原本反法西斯战争是正义的,西方发达资本主义国家打着人道主义的旗号,利用东方国家的人民为他们而战,战争变成了政客们争夺权力的借口。

三、荒诞、自我、选择

"英国病人"在完成了回忆的使命之后死去。"英国病人"变成了一个象征和启迪,"英国病人"在病中所住的别墅是一个隐喻,是众人重生的场所。照料他的加拿大护士哈纳从中获得了一场洗礼,一种感悟,对她未来的人生选择产生了重大影响。在战争面前,个体是微不足道的,参战的人必须听从命令、服从群体。在战争中,只见集体,不见个体,众多参战的小人物汇成一个大写的人字。哈纳是一个勤于思考、勇于选择的加拿大女护士,她的父亲几年前在二战中牺牲,她也时常目睹战友在战斗中牺牲,感到战争的残酷、生命的无常和世界的荒诞。哈纳在遇到"英国病人"之前,虽然表面上尽忠职守,但内心深处抵触战争、质疑战争的高尚目的及神圣性,所以她不顾上级的反对,执意留在别墅照顾"英国病人"。虽然奥尔马希是她的病人,但在精神上奥尔马希是她的导师。她通过与奥尔马希聊天、交流、了解他的过去,从而获得一种宝贵的启示,怎样在这个足以吞噬个体的战争面前,感觉到自己的存在。"她孤独地与所有事物抗争,她以一个旅行者的疲惫嗓音,唱着一曲新的自白。这首歌里不再有肯定。歌者只能用声音来与权势的大山抗争。"[4]哈纳奋力抗争的是两种强大的力量,一是英国,而加拿大曾是英国的殖民地;二是陷入荒诞的世界,战争是这种荒诞的极端表现。面对这种荒诞,人很难获得存在感,无法做出自己的选择,使自己变成"虚无"。存在主义哲学的第一层含义:世界是荒诞的,人是绝望的。但是,存在主义不是悲观的哲学,而是乐观的哲学,不是观望哲学,而是行动哲学。存在主义的第二层含义是:面对荒诞,人要抗争,要自由选择。哈纳充分体现了存在主义的乐观精神。哈纳执意留在别墅照顾"英国病人"就是在做出自己的选择,要寻找到自我的存在。

在别墅内同样得到救赎的是加拿大间谍卡拉瓦焦。卡拉瓦焦是哈纳父亲的朋友,他原来只是一个小偷,后来政府和军队发现了他的"才能",命令他做了间谍。后来在一次间谍活动中,卡拉瓦焦的手致残,他也随之被政府抛弃,成为一个废弃的工具。这件事本就是荒诞的,小偷原本是政府抓捕的对象,却成了政府的工作人员。而且卡拉瓦焦时刻被监视,他只是英国政府用于战争的一件工具。存在主义者认为,人被当做工具就是不道德的。工具随时可以被丢弃、被替换,这种漠视人性的做法是不人道的。萨特在一次著名的演讲中提出了一句格言。"存在主义是一种人道主义",其内涵就是反对将人当做工具。人与工具的不同之处就在于人有思想、有感情,也应该有权利去选择。在存在主义者看来,个体失去自我、失去自由、失去选择就是悲剧。卡拉瓦焦这只残疾的手也隐喻着他存在感的缺失。失去自我和自由的生活使他身心极度紧张疲惫,即使在哈纳面前也戴着面具。在别墅中,卡拉瓦焦远离了间谍生活,身心得到了放松,体味到人性和人情,恢复了作为一个活生生的人的感受和体验,找到了存在感。别墅和"英国病人"使卡拉瓦焦显露出本真的自我。

印度人基普从事的危险的拆弹任务,在战争中做出了巨大贡献。但是,在美国对日本投放原子弹之后,基普对西方和欧洲提出质疑和控诉:

"我哥哥曾告诉我,永远不要依靠欧洲。那些做交易的人,那些签合同的人,那些绘制地图的人,永远不要相信欧洲人,他说,永远不要和他们握手。但是我们,噢,我们太容易相信人了……被你们发表演说,颁发的奖章和举行的典礼所蒙蔽。在过去几年里,我做了什么?排除炸弹,拆除引信,拆掉炸弹的翅膀。为了什么?为了让这样的事情发生?"[5]

以基普为代表的东方受到西方殖民思想的腐蚀和压迫,但还没有丧失自己的思考能力,而是保持了一种批判精神,带着审视的眼光一面与非正义的法西斯战斗,一面在思考与西方对本民族的殖民渗透。

四、结语

文学的哲学意蕴是指文学作品所蕴含的哲学思想。文学与哲学密不可分。文学以鲜活的形象表达了作家对世界和人类社会的感受,哲学则抽象概括了人类对自然和社会的看法。"没有文学的参与,哲学可以独立存在;没有哲学的介入,文学难以发展"。[6]小说努力地探索某种类似于上帝一样的信仰,这就是存在主义所蕴含的"关注你自身""对你自己忠实",对个体的存在价值、存在意义、存在状态的不懈探索。虽然存在主义文学这个文学流派已经成为过去,存在主义也作为一种哲学思潮在 20 世纪 60 年代被后殖民主义等思潮代替,不再占据人们的注意力。但是文学是"人学",存在主义的本质在于探索人生存在的意义,从这个意义上讲,存在主义永远不会过时。

作者简介:

刘天玮,内蒙古工业大学外国语学院讲师,研究方向为西方文论和西方文学。
苗娴,内蒙古工业大学外国语学院副教授,研究方向为加拿大文学。

基金项目:内蒙古工业大学校级科研基金项目"迈克尔·翁达杰小说中的'存在'主题"阶段性成果,项目批准号 SK201510。

参考文献

[1][2][4][5].[加]迈克尔·翁达杰.英国病人[M].章欣、庆信,译.北京:作家出版社,1997:197,197,234,246.

[3].[法]萨特.存在主义是一种人道主义[M].周煦良、汤永宽,译.上海:上海译文出版社,1988:5.

[6].孟昭毅.比较文学通论[M].天津:南开大学出版社,2003:235.

《英国病人》中的后现代元素

刘天玮，魏莉

（内蒙古工业大学外国语学院，内蒙古 呼和浩特 010080；
内蒙古大学外国语学院，内蒙古 呼和浩特 010021）

摘要：加拿大作家迈克尔·翁达杰的小说蕴含着后现代文学的元素。小说《英国病人》因其主题的多重性、人物形象和身份的不确定性、后现代的写作手法和颠覆一元性的传统道德价值体系的特点而显示出后现代主义作品的特征。笔者从人物、主题、写作手法和颠覆性意义这四个方面来分析小说中呈现的后现代元素。

关键词：《英国病人》；后现代；不确定性；多元

小说《英国病人》于 1992 年获英国布莱克奖，同年获加拿大总督奖和崔灵奖（Trillium Book Award）。后经改编于 1996 年搬上银幕，次年荣获了第 69 届九项奥斯卡奖。《英国病人》同时具有大众文学和严肃文学的性质，作品中有对冒险、悬疑这样类似侦探小说的故事情节的描写，有对跨越道德界限的爱情的描写，深刻地揭示了历史宏大叙事背后的小叙事和小人物的内心，揭示了对历史、伦理和人性的多元认识。不确定性是后现代文学的特征之一，"正如后现代主义文学一样，后现代主义小说的不确定也体现在四个方面：主题的不确定，形象的不确定，情节的不确定和语言的不确定。"[1](P71)《英国病人》的不确定性表现在人物形象、主题和写作手法方面。小说包含多重主题，包含多重寓意，体现了主题的不确定。《英国病人》挖掘了人性中的背叛、欲望、激情、危险、隐秘，颂扬了爱情，描写了冒险和悬疑，反对西方殖民霸权，同时也是一部反战小说和女性成长小说。小说亦阐述了个体在极限境遇中做出的自由选择，阐述了个体在战争面前、在群体之中的存在主题。人物身体和心理的创伤导致人物的身份不确定，形象的不确定。在写作手法方面，小说的情节是非线性的、不连贯的，并且采用了拼贴、蒙太奇、跨越时空等手法。另外,《英国病人》对"忠诚"和"背叛"等道德概念进行了多层面的挖掘,颠覆了道德的一元性。后现代文学作品旨在"对某种隐藏着的、压抑着的、不可表现的揭示"。[2](P595) 小说关注被历史宏大叙事压抑和忽视了的"小人物"的内心世界和存在状态,叙述了战争中小人物的悲剧,颠覆了人们对历史的固有认识,解构了宏大的历史叙事。所以,《英国病人》因其主题的多重性、人物形象的不确定性、后现代的写作手法和颠覆传统道德的一元性的后现代意义而显示出后现代主义小说的特征。本文从人物、主题、写作手法和文本意义对传统道德价值体系的颠覆这四个方面来分析小说中呈现的后现代主义元素。

一、人物身份的不确定

小说建立在对真实历史人物和历史事件改编的基础之上。"英国病人"的原型是生活于二战前后埃及沙漠中的探险家,他帮助过德军,但是与小说人物"英国病人"的结局不同,他最后没有死也没有被烧伤,而是在二战中存活下来,直到 1951 年去世。虽然"英国病人"的原型确有其人,但是,小说中人物形象依然不确定,人物的身份也不确定。"英国病人"真名是奥尔马希,但是几乎烧毁的面目让人无法确定他的身份,人们只能猜测他来自英国。具有讽刺意味的是,当奥尔马希需要英国人的帮助时,又因他的姓氏被人怀疑是德军间谍。奥尔马希虽然出生于匈牙利,却没有任何官方证明可以确认他的身份。奥尔马希是为盟军工作的,但因为他与凯瑟琳的爱情使他倒向了德军一边,可以说,他没有真正接纳战争中的任何一方,同时也不被任何一方所接纳,他的选择使他摇摆不定,最终因全身烧伤、面目难以辨认而失去确定身份的机会。

除了"英国病人"的身份不确定以外,小说中其他主要人物的身份和形象也是不确定的。人物身份的不确定伴有某种身体或心理上的缺失和创伤,而创伤又导致了自我存在感的模糊。如卡拉瓦焦是加拿大人,战前以偷窃为生,战争爆发时却成为政府的间谍。战争中他因一次任务而致手残,不能再继续偷盗,他不知道将来要做什么,对未来失去了方向感,对自己的价值和身份也产生了困惑。哈娜在战前充满斗志地参加了这场反法西斯战争,但是父亲战死对她打击很大,导致心理上的创伤。面对周围朋友和战友的死亡,她无法再像战前那样从高尚的使命感中寻找到价值感,因此她决定留在别墅。照顾英国病人使她联想起父亲,英国病人对她而言可以填补她父亲缺失的这一空白,她希望英国病人和书籍能引导自己走出迷雾,重新确立存在感和价值感。基普原先毫无疑义地跟随白人从事危险的拆弹任务,他认为这是值得冒险和献身的任务;但是在美国向广岛和长崎投放原子弹之后,他深感被白人欺骗,从小被英国殖民者灌输的思想和意识形态瓦解,他毅然离开战场回到了印度。

个体身份的不确定往往由价值观和存在感的瓦解所引起。在这个混乱的境遇中,个体不知道自己是谁,不知道自己该做什么,荒诞残酷的境遇瓦解了个人心中的价值体系,原先高尚的价值观被战争撕成碎片,人物既找不到高尚的目标去支撑自己,也无法彻底否定这场战争,只能深陷迷茫和困惑之中,宛如陷入没有出路的迷宫,正是这样无所适从的漂泊感使人物产生了身份的不确定感和形象的模糊感。现代人价值体系的瓦解是现代性发展到后工业文明的结果,在后工业社会,科技高速发展,核武器被制造出来却变为杀人武器;西方社会的启蒙理性发展到后工业社会却异化为种族主义和殖民主义;发达的西方世界与古老的东方世界形成鲜明对比,白人崇尚的科技和文明成为殖民扩张的武器。更可怕的是,白人与生俱来的优越感使他们带着屈尊的、施恩的态度对待东方世界,造成了对东方世界的压迫和东西方世界的尖锐矛盾。

二、多重主题

《英国病人》的爱情主题很突出。小说围绕"英国病人"的回忆展开,讲述了他和凯瑟琳的爱情故事。别墅中的哈娜认为自己对"英国病人"产生了爱情,后来哈娜与基普之间产生了真正的爱情,另外,卡拉瓦焦对哈娜也有爱慕之情。而爱情主题中也有不确定因素,就是哈娜对"英国病人"的感情。卡拉瓦焦甚至哈娜自己都一度认为她对"英国病人"的关心和照顾是爱情,其实,哈娜爱上的是"回忆"。"英国病人"是一个意象,哈娜通过碰触这一意象,回忆起自己的过去,包括在战争中牺牲的父亲。有一个细节,哈娜在照料"英国病人"时,"她抓起他的双手贴到自己的脸上,闻着它们——它们仍有生病的气息"。[3](P5) 这看似爱人之间的亲近,其实只是因为"英国病人"的手让哈娜想起了父亲,"她的父亲跟她谈过手,是跟狗爪子有关的事。每当她的父亲和狗单独待在屋里时,他会弯腰闻一闻爪子的底部。"[3](P6)

女性成长的主题是小说的另一主题。小说的重点放在了哈娜身上,讲述了她如何迷失在战争中,如何在别墅中努力寻找自己,又如何在战后重建自我。人的过去、现在和未来构成了人的完整性,这三者缺一不可。而战争割断了人与过去的联系,也切断了人通往未来的路,战争中的人是沉沦在现在的人。一个失去了过去,又看不到未来的人是没有真正的存在感的,即存在主义者说的失去了本真性(Authenticity)。哈娜在战争中迷失了自我,意识到自己的虚无感,害怕被这种虚无所吞没,因此她拒绝了上级的命令,而独自留下照料"英国病人",试图找回失落的自我。与传统现实主义小说不同,作者没有给哈娜一个圆满的既定的结局,她一直处于自我构建和自我成长的过程中。其实人生就是一个过程,永远在探索,结局也是开放的,未来是未知的,这体现了后现代小说推翻寻找人生终极意义的原则,人生永远在建构之中。

小说中的反战主题、反殖民主题和反科技理性主题也同样突出。印度拆弹兵基普原本一心一意为英国、为盟军服务,从事十分危险的拆弹任务。但是在美国向日本投了原子弹之后,基普心中对西方的信任坍塌了。他把世界分为东方和西方,把人类分为有色人种和白人,他对着"英国病人"和卡拉瓦焦痛斥:"你们那毫不起眼的白人岛国,用自己的习俗、礼仪、书籍、官员、理性改变了这个世界的其他地方。你们订立了严厉的行为准则。我知道如果我用错了手指端起茶杯,我就会被放逐。如果我系领结的方式错了,我就会被赶出去。是不是轮船给了你们这种权利? 是不是? 就像我哥哥说的,是因为你们拥有历史和印刷厂的缘故。"[3](P246)

基普批判了科技理性。白人社会自启蒙理性进入现代之后,科技发达,随之而来的不仅是西方物质文明的发展,也形成了一元化的思维和科技理性。科技文明、机械文明成为衡量一切的唯一尺度,西方滋长了傲慢的情绪,产生了霸权主义;西方将知识视为权利,将科技视为文明,凡是不符合西方思维行为规范和文明标准的古老民族都被视为劣等。

但是,基普的想法多少带有原教旨主义的色彩。他看到美国的行为是霸权主义,是反人道的,但是他没有看到自己和哥哥的看法也是偏颇的,缺乏文化包容的。就像哈娜在谈到美国向日本投放原子弹这件事情说的那样"我们与那件事有什么关系?"事实上,西方和东方不能截然分开,西方人不都是殖民主义者,因此,我们要用一种多元、理性的态度来看待国际事务。

三、后现代的写作手法

非线性的情节、跨越时空是后现代文学的典型创作手法。《英国病人》的情节是不连贯的,作者采用了倒叙、插叙的叙事方法,时空在过去和现在、沙漠和别墅之间切换。更为奇妙的是,作者插入了侦探小说的悬疑元素,使这部爱情小说和哲理小说同时变成了悬疑小说。悬疑的设置是由加拿大间谍卡拉瓦焦这个人物作为楔子,引出情节和角色。

小说开头出现了一个有些失忆、重度烧伤的病人"他"和照顾"他"的"她"。作者并没有急于交代人物的身份和背景,而是大量描写了人物琐碎的动作、周围的景物以及人物的心理感受,同时断断续续插入了"他"时隐时现的回忆。在回忆中,

"他"穿越时空回到过去、回到沙漠,读者从而了解了一丝"他"的过去,以及"他"为什么会被烧伤。作者没有交代故事情节,而是给出十分有限的、模糊的信息,从而设置了悬念,引导读者主动参与阅读、推测和思考。随着阅读的深入,读者从"他"的回忆中似乎推测出"他"来自英国,在身份不明确的情况下被称之为"英国病人"。随着情节的发展,加拿大间谍卡拉瓦焦推测出"英国病人"与英国情报部门关注的一宗案件有关。在这宗案件中,进驻沙漠的英国贵族杰弗里和他的妻子失踪。在卡拉瓦焦与"英国病人"的谈话中,卡拉瓦焦得知"英国病人"是匈牙利地质学家奥尔马希,战争期间负责为英国情报部门绘制沙漠地图,而这片沙漠极具战略价值,是盟军与德军的争夺之地。

小说充斥着浓厚的悬疑色彩,悬疑小说本身就具有不确定性。"一般来说,悬疑小说的情节都是按照这样的结构来安排的:设置悬念——活动参与者参与活动——解释悬念者解开悬念。"[4]在小说的扉页中作者就设置了悬念:"我相信,大部分在座的各位,都还记得在一九三九年那次寻找李祖拉绿洲的沙漠勘探中所发生的悲剧:杰弗里·克利夫顿不幸丧命于基尔夫·克尔比尔高地,之后他的妻子凯瑟琳也随即失踪。在今晚的会议开始之前,我不得不带着同情与伤感,向各位提及这悲剧性的事件……"[3]

扉页中的人物杰弗里·克利夫顿和他的妻子凯瑟琳经历了怎样的遭遇?读者将带着这个悬念阅读小说。随后,"英国病人"以神秘的身份充当了参与者的角色。在小说开头,"英国病人"是一个重度烧伤、面目全非、不明身份、丧失记忆的人,随着加拿大间谍卡拉瓦焦这个人物进住别墅,弄清了"英国病人"的真实身份和经历,引导"英国病人"说出了杰弗里·克利夫顿和他的妻子凯瑟琳遭遇的实情,解开了扉页中所设置的悬念。小说出现的多处悬念和"空白点"激发了读者阅读的兴趣,等待读者去填充,要求读者积极参与阅读,这种不确定性和重视读者参与的特点是后现代主义文学的特征之一。

四、对传统道德和价值体系的颠覆

后现代小说分析的是人的生存境遇,特别是"反英雄"和"小人物"的生存境遇。"反英雄"是因为怀疑传统的价值观而违反社会政治、道德准则的人,这些人不是好恶之人,而是在经历了遭遇之后,传统价值观瓦解,对社会既定准则表现出冷漠、怀疑和蔑视的社会中的小人物。"作者通过这类人物的命运变化对传统价值观念进行'证伪',标志着个人主义思想的张扬、传统道德价值体系的衰微和人们对理想信念的质疑。"20世纪的文学作品侧重于小人物和反英雄的情感、思想和命运的描写,反映了人类的信念和价值体系在工业文明中的动摇和丧失,加强了对人的生存状态和社会问题的反思,也体现了文学更深刻的社会表现力和批判力度。

《英国病人》中的主要人物都不同程度地违反了社会道德和准则。凯瑟琳越过道德界限与奥尔马希相爱;奥尔马希为救凯瑟琳,将地图交给德军,背叛了二战中的正义方英国;哈娜在战争中目睹了亲友的死亡,崇高的信念开始动摇,不惜违反上级的命令而留在别墅,完成心理上的自我治疗;基普因为美国向日本投放原子弹开始对英国的殖民主义进行反思,从而停止了拆弹任务,回到印度。

小说从不同视角看待这些战争中的小人物的"背叛"行为和"不道德"的行为,对"忠诚""背叛""正义"等道德概念的含义作了多元的、有别于传统的诠释,从而颠覆了传统道德观念和价值体系的一元性,具有后现代主义的特点。后现代主义往往多角度地重新诠释一些固化的观念,正如后现代主义理论家沃·威尔什认为的那样:"一切围绕一个太阳旋转的古老模式已不再有效,即使是真理、正义、人性、理性也是多元的。"[6](P48)实施背叛行为的第一个人物是"英国病人"奥尔马希。奥尔马希是匈牙利伯爵,任务是进驻埃及沙漠绘制地图,给英国人提供情报。他的一举一动皆处于英国情报部门的监控之下,就连他与凯瑟琳的感情也被英国情报部门获悉。在凯瑟琳濒临死亡之际,奥尔马希曾求助于英国人,但由于奥尔马希的姓氏不是英国人的姓氏,他又来自战略重点地区,因此被英国人怀疑为间谍关了起来,耽误了救治凯瑟琳的宝贵时间。之后奥尔马希为了救凯瑟琳,将极具情报价值的地图交给了德军,背叛了英国人,背叛了他为之工作的组织。他在求助英国人未果的情况下,选择了忠于自我,忠于对凯瑟琳的爱情。奥尔马希在道德上是错误的,但从人性的角度解释又是正确的。他对凯瑟琳的爱是真挚的,拯救爱人的行动是善意的,而战争从本质上讲却是邪恶的,它毁灭了人类生命中美好的东西。

实施背叛行为的第二个人物是凯瑟琳。从传统的婚姻道德观来看,凯瑟琳背叛了丈夫。

但是从凯瑟琳的丈夫杰弗里·克利夫顿对她的赞赏和宠爱可以看出,杰弗里在潜意识中具有像英国霸权主义一样的男权主义。杰弗里在众人面前赞美妻子的美貌、优雅如同在炫耀一件私藏品,他在精神和灵魂方面与妻子鲜有沟通和相似之处。奥尔马希却能理解凯瑟琳的孤独,看到凯瑟琳内心的变化和成长,而杰弗里则看不到。奥尔马希观察到,"在开罗过了那一个月后,她变得沉默了,不停地看书,总是一个人独处,好像发生了什么事……她正在认识自己,这让人看了心痛,但是杰弗里·克利夫顿没有察觉到她的自我教育。"事实上,男权主义也是一种霸权主义,杰弗里是英国贵族,他不能容忍凯瑟琳背叛自己,也不允许凯瑟琳爱上别人。

最终杰弗里采取极端的方式惩罚妻子,带着妻子驾驶飞机撞击自杀。可见,和殖民主义、霸权主义一样,男权主义同样缺乏包容和理解。

在二战中,英国是作为正义方出现的,这样的身份很容易让人认为英国是道德的化身,从而忽略了英国隐含的霸权实质。值得注意的是,小说中的主要人物都不是英国人。"英国病人"奥尔马希是匈牙利伯爵,护士哈娜是加拿大人,卡拉瓦焦是加拿大人,后与哈娜相爱的工兵基普是印度人。他们作为英国的盟友参加二战,实战经历使他们看清了战争的本质,识破了政客们的真面目,赋予人们熟知的历史以另一层解释:"所有的战役都是由骗子和知识分子操纵。"[3](P220) 作为东方缩影的印度也对西方失去了信任,基普在小说中说:"我哥哥曾告诉我,永远不要依靠欧洲。那些做交易的人,那些签合同的人,那些绘制地图的人,永远不要相信欧洲人,他说,永远不要和他们握手。但是我们,噢,我们太容易相信人了……被你们发表演说,颁发的奖章和举行的典礼所蒙蔽。在过去几年里,我做了什么? 排除炸弹,拆除引信,拆掉的翅膀。为了什么? 为了让这样的事情发生?"

五、结语

米兰·昆德拉说过,小说与哲学不同。小说不是要讲什么理论和道理,而是记载了小说家的想法,这些想法很可能是零乱的、漫无边际的,只是为了去表达。在翁达杰的小说中,他表达了很多想法,这就是他小说中的多重主题。《英国病人》同时阐述了文化身份、政治意义和爱情的主题。爱情是《英国病人》其中的一个主题,但小说还有更深刻的社会历史意义,即颠覆了宏大历史叙事带给人们的固化思维,揭示了宏大历史叙事背后所隐藏的霸权,展现了加拿大、印度这些西方的殖民地国家在二战中做出的贡献和经受的创伤。正如作者所说:"在那场战争中,印度次大陆的损失也是巨大的。我非常高兴基普·辛格的出现,在他身上有着我的经历。"[7]《英国病人》还具有很强的哲理性,体现了作者对人的价值的理性探索,即探索个体在类似战争这样的大混乱面前,在很难把握自己的情况下,该如何去追求一种真实的存在感。我们知道战争只是人类的极限境遇之一,而现代社会除了战争这样混乱、荒诞的境遇外,还有物质文明过度发展、席卷人类的社会潮流、极权主义这些混乱的境遇。如同战争一样,个体无法在这些混乱、荒诞的境遇中保持清醒的头脑、独立的个性和发自内心的选择。从写作手法来看,翁达杰采用了拼贴、蒙太奇、跨时空等后现代主义写作手法;从精神实质来看,作品体现了后现代主义的不确定性创作原则。而后现代主义文学的创作原则又赋予了小说颠覆传统的意义,起到了解构宏大叙事的作用。

作者简介：

刘天玮，内蒙古工业大学外国语学院讲师，研究方向为西方文论和西方文学。

魏莉，文学博士，内蒙古大学外国语学院教授，研究方向为世界文学和比较文学与英语文学。

基金项目：2015 年度内蒙古工业大学校基金项目"迈克尔·翁达杰小说中的'存在'主题"，项目编号：SK201510。

参考文献：

[1]曾艳兵. 西方后现代主义文学研究[M]. 北京：中国社会科学出版社，2006.

[2]胡经之. 西方文艺理论名著教程（下）[M]. 北京：北京大学出版社，2003.

[3]（加拿大）迈克尔. 翁达杰. 英国病人[M]. 章欣，庆信译. 北京：作家出版社，1997.

[4]王多庆. 悬疑小说的写作模式[J]. 写作，2012，（1、2）：93－96.

[5]赵一凡，等主编. 西方文论关键词[M]. 北京：外语教学与研究出版社，2006.

[6]（法）让——弗·利奥塔，等著. 后现代主义[M]. 赵一凡，等译. 北京：社会科学文献出版社，1999.

[7]转引自：傅俊. 后现代、后殖民视野中的加拿大英语文学[J]. 世界文学，2003，（4）：)292—304.

《菩萨凝视的岛屿》的存在主义意蕴

刘天玮

（内蒙古工业大学外学院国语，内蒙古 呼和浩特 010080）

摘要：本文试借鉴萨特、波伏娃、克尔凯郭尔等存在主义哲学家的思想分析《菩萨凝视的岛屿》中的存在主义意蕴。存在主义哲学意蕴在这部小说中表现在四个方面：1.女性与男权社会的关系；2.个体与公众的关系；3.反抗奴役和压迫，保持独立的立场和良知；4.个体与社会的关系。这四个方面阐释了存在主义哲学的四大主题：自由、独立、选择和责任。《菩萨凝视的岛屿》这部小说起到了"净化"的社会功用，体现了作者对斯里兰卡人民命运的关怀，以及对斯里兰卡这个国家前途发展的关注。

关键词：存在主义；自由；独立；选择；责任

引　言

迈克尔·翁达杰是现今享誉英语世界的加拿大作家。他于 1967 年和 1970 年出版的两部诗集《精巧的怪兽》(*Dainty Monsters*)和《比利小子选集》(*The Collected Works of Billy the Kid*)，均荣获加拿大总督奖。翁达杰后期集中于小说的创作。迄今为止，他共出版了五部小说，分别是《英国病人》(1992)、《遥望》(2007)、《猫桌》(2013)、《身着狮皮》(1987)和《菩萨凝视的岛屿》(2000)。其中，《英国病人》、《遥望》和《菩萨凝视的岛屿》荣获加拿大总督奖。翁达杰亦凭借《英国病人》成为首位荣获英国"布克奖"的加拿大作家。《英国病人》后来被搬上银幕，获奥斯卡奖。《菩萨凝视的岛屿》讲述了斯里兰卡裔的美国女法医安霓尤，由国际人权组织委派,回到故国进行人权调查。斯里兰卡官方政府派遣考古学家瑟拉斯协助她。在官方管制的辖区内,安霓尤竟然挖出近年的骨骸。安霓尤怀疑这是大规模的政治谋杀,继而展开秘密调查。在调查中,安霓尤遭遇了一系列危险事件,最终瑟拉斯为了保护安霓尤和证物,被政治势力杀害。安霓尤的秘密调查是故事的主线,但她并非书中唯一的灵魂人物。围绕在她周围的还有人类学专家瑟拉斯、斯里兰卡举国闻名的金石学家帕利帕拿、佛像雕塑艺术家安南达、野战医院医师迦米尼等等。存在主义思想在这部小说中表现在几个方面:1.女性与男权社会的关系:女性应争取自由,获得独立人格,学会选择,并对自己的选择承担责任;2.个体与公众的关系:个体应摆脱大众媒体环境的影响,坚持独立的判断力;3.反抗奴役和压迫,保持独立的立场和良知;4.个体与社会的关系:个体应积极承担社会责任。本文试借鉴萨特、波伏娃、克尔凯郭尔等存在主义哲学家的思想分析《菩萨凝视的岛屿》中的存在主义意蕴。

一、女性与男权社会的关系

存在主义哲学认为,在男权社会中,女性应对自己的处境有清醒的认识,女性应当敢于争取自由,敢于独立地做出人生选择,并且有勇气承担选择带来的任何结果。关于女性自由的思想见之于女存在主义哲学家和文学家波伏娃的著作《第二性》。在这本女权主义奠基作中,波伏娃论述了女人何以会变为“第二性”的社会文化根源。她说,“没有任何生理上、心理上或经济上的定名,能决断女人在社会中的地位,而是人类文化之整体,产生出这居于男性与无性中的所谓‘女性’。唯独因为有旁人插入干涉,一个人才会被注定为‘第二性’,或‘另一性’。”[1]此外,波伏娃还著有存在主义小说《人总是要死的》《女客》《名士风流》等作品。波伏娃的小说属于存在主义作家所提倡的“介入文学”。“介入文学”首先由萨特提出,在萨特的文学理论著作《什么是文学》中,萨特给文学的属性这样的规定,“写作便是揭露,揭露带来变革,因而写作就是介入。”[2]波伏娃的小说以存在主义哲学和文学理论为指导思想,塑造了众多女性人物形象,表现了世界大战之中和之后女性知识分子力图争取独立的精神状态。在《菩萨凝视的岛屿》中,安霓尤是一名法医,生于斯里兰卡,其父是国内知名医生,父母车祸丧生后赴西方留学定居,曾与一名同样留学西方的斯里兰卡豪门望族的男子结婚,婚姻失败后前夫回到斯里兰卡。安霓尤后与一名有妇之夫白人男子库里斯相恋,最终决裂。安霓尤生于东方,于西方求学,少时叛逆。她十三岁时千方百计向哥哥讨来了“安霓尤”这个名字,十六岁时,她是个暴躁易怒的孩子,命理师建议她改成女性化的名字“安霓菈”,但是被安霓尤拒绝。安霓尤不相信斯里兰卡信奉的命理,她认为人的命运掌握在自己手中。在英国孤独的求学生涯中,安霓尤陷入了这场她称之为"惨烈"的婚姻。安霓尤的前夫出生于斯里兰卡的豪门望族,他的人生始终掌控在父亲手中,与安霓尤的个性及思想形成鲜明对比。安霓尤的前夫及公公希望她的思想行为符合斯里兰卡首都科伦坡豪门望族儿媳妇的规矩,认为她现在的行为举止已经成了反面教材,他们不希望她继续工作,继续做学问。安霓尤在这场婚姻中失去了自由和独立,陷入抑郁和自闭,因此她最终决定放弃这场婚姻。决然不理会前夫的种种祈求、骚扰,极力摆脱前夫的纠缠,体现了她追求自由的渴望。

二、个体与公众的关系

丹麦存在主义哲学家克尔凯郭尔提出,个体要保持对公众、媒体、环境的质疑,挣脱大众媒体的束缚。克尔凯郭尔是存在主义的奠基人,他抨击三种力量:大众媒介、国家教会和黑格尔哲学。"在他看来,大众媒介代替人们思考,教会代替人们信仰,而黑格尔哲学则代替人们做出选择,即黑格尔主义在所谓的辩证过程中的某个高级的、具有包容性的观点中调和了那些本是个体化的选择。"[3] 克尔凯郭尔认为多数人是错误的,真理掌握在少数人手中。因此,人应该保持孤独,保持一种独立的见解,免受公众舆论的左右。《菩萨凝视的岛屿》密林中的修行者帕利帕拿实践了克尔凯郭尔这一哲学思想。帕利帕拿,斯里兰卡举国闻名的金石学家、考古学家、历史学家,毕生的理想是寻找历史的真相,厌恶虚伪的学术界,甘愿隐没于密林,独自进行考古工作,生活极其简约。帕利帕拿一生著述颇丰、成果更是惊世骇俗。只因待人待己过于严苛而招人非议和嫉恨。帕利帕拿厌恶学术界浮夸、奉承、献媚的虚假风气,"他是个简朴的人,受不了那种充斥正式、隆重酬酢恭维的场合。"[4] 帕利帕拿也不理会整个学术界对他做出的"精神错乱"的恶意攻击,选择隐没于密林独自研究,与工人们一起,在岩石中、土壤中、田野中寻找历史真相的蛛丝马迹。同时,他独自抚养妹妹的女儿拉玛,女孩儿的双亲死于战乱,被收容于孤儿院期间患上恐惧症,后被舅父带走抚养教导,在密林中过着远离喧嚣的生活,精神创伤逐渐痊愈,舅父死后亦选择隐没于密林深处。帕利帕拿和拉玛的经历证明了独处的重要作用。独处不仅可以保证个体独立、深入、明晰地思考,还可以有效治疗精神创伤。存在主义者认为,个体应适当远离人群,选择寂静的生活,以获得独立思想和独立人格。主流承认的东西不一定就是真理,大众追逐的时尚也可能只是徒有其表。然而,不论是在 20 世纪还是在现今的消费社会,独处被视为孤僻,人的思考能力和独立人格都淹没于人群之中。

三、反抗奴役和压迫，保持独立的立场和良知

萨特在社会活动中支持被压迫的民族去反抗奴役、争取独立。他反对越战，并曾接受罗素邀请，参加"战犯审判法庭"，调查美国的侵越行为；他反对法国政府的残民政策，支持阿尔及利亚民族解放运动；他谴责苏联出兵匈牙利。翁达杰谴责斯里兰卡在西方国家的支持下内部分裂，各种政治势力之间互相斗争，造成国家分裂，给人民带来极大的灾难。作者谴责斯里兰卡国内的各种政治势力打着"国家统一"的旗号进行政治斗争及迫害。在小说中，西方对斯里兰卡的殖民渗透显而易见。内战中的三股政治势力无一例外地得到西方武器上的支持。西方媒体也打着民主、自由、独立的幌子掩盖他们试图分裂斯里兰卡国家主权、分割斯里兰卡国土的意图。萨特曾持有中立的政治立场，既不赞成资产阶级，也不拥护法国共产党和苏联共产党。萨特中立独立的政治立场实际让自己陷入很艰难的境遇，上述两股强大的政治党派同时排挤他，可是他始终没有失去自己的独立和自由，凭着自己的良知来判断是非，而不是某个政党的政见。翁达杰在小说中表达了一种独立于任何政治势力之外的良知。小说中的男主人公瑟拉斯是斯里兰卡官方派给安霓尤的考古学家，其妻在斯里兰卡内战中自杀。瑟拉斯以生命为代价帮助安霓尤找到了调查政治迫害的证据并将证据——一具受政治迫害致死的普通矿工的遗骸——运出斯里兰卡。瑟拉斯原本是官方派去监视安霓尤的，后在良知的召唤下帮助安霓尤保护证物而被杀害。小说中的伽米尼是瑟拉斯的亲弟弟，野战医院的医生，曾因爱恋瑟拉斯的妻子而与家庭决裂，内战中一直献身于野战医院，救死扶伤。以迦米尼为代表的野战医院的医生们不委身任何一方势力，他们很乐意在那些地图上都找不到的村庄工作，救助战争中受伤的普通人，"他们不为某个特定的政治主张或立场服务，他们好不容易才找到一个地方，政府、媒体和经济野心都管不着。"[5]谈起这场内战，迦米尼的态度是"……唾弃所有支持这场战争的人。什么国家统一的伟大理想，什么国土不容分裂，甚至连伸张个人权益的任何主义也不能打动他……"[6]

四、个体与社会的关系：倡导个体承担社会责任

萨特的观点是，人不仅是自由的，还负有社会责任，不能持静观主义。个体选择的价值观和建立的个人形象对社会有影响。这是萨特超越存在主义前辈哲学家的地方。克尔凯郭尔、海德格尔、胡塞尔等前辈存在主义哲学家强调个体的存在，萨特战前的思想同样关注的是纯粹的个体。但是战争使他意识到个体无法与社会

分离,"每个人的处境和集体的处境是分不开的,只有在改变集体处境的同时才能改变个人的处境。"[7]这也是萨特后期思想上的重要转变,萨特曾说,他年轻的时候没有觉得社会跟他有什么关系,后来才感到自己是社会的一员,对社会负有责任。在《菩萨凝视的岛屿》中,翁达杰关注人类在战乱中的生存状况和精神状态。他以安霓尔的执着和行动,诠释了个体在社会中应主动承担责任的精神。小说中有两个人物因选择逃避社会而导致死亡或失踪。一个是金石学家的兄长纳芮达,一个高僧,以为隐居就可以逃避战乱,最后还是被某种政治势力迫害。另一个人物是脑外科医生林纳斯·科利雅,他处世圆滑、与人交好,不得罪任何人,原以为这样可以安安稳稳生活下去,最后还是被绑架。上述两个人物也做出了自我选择,避世就是他们的选择,可是在战乱中,任何人都不能脱离这个具体的社会现实而存在。就像帕利帕拿对他兄长说的那样,"要遁入空门,你得先成为社会的一分子,并从中去参悟道理。"[8]翁达杰通过安霓尤和瑟拉斯寻找和保护迫害证据的实际行为,诠释了人与社会紧密相连,任何人不可能脱离社会而独立存在。尤其在战争中,人人都应承担社会责任。个体的努力直接关系到社会的未来。

结语

小说达到了两个效果。第一,起到了悲剧的"净化"作用。亚里士多德说到悲剧的社会功能是净化作用,即"把人引向最高尚的地方"[9]。翁达杰在小说中描写了战争中小人物的悲惨境遇,普通人的生命和存在的尊严遭到战争的践踏,足以比拟希腊式的悲剧。二号主人公瑟拉斯的死亡具有悲剧的审美效果。瑟拉斯不是出于爱情去保护安霓尤,瑟拉斯这种耐人寻味的思想和感情体现了面对邪恶时人最终迸发出来的良知。瑟拉斯遭到荼毒时脸部刻意被保留原貌,说明凶手在警告所有人不要妄图帮助人权组织。这样的悲剧事件激发起读者的恐惧、怜悯、愤怒和良知。发动战争的各种政治势力,打着欺骗世人的旗号,背后是权利的争夺。无数的小人物需要透过公众的评论、媒体的蛊惑,看到这场内战的实质是什么。这就是存在主义哲学家倡导的独立的思考能力。社会的未来不仅依赖于英雄人物的决断和领导,更取决于无数小人物独立的思考力和判断力。小说结尾透出一丝希望,安霓尤带着证物,平安离开,然而小说并没有结束,安霓尤是否能利用这个证物达到揭露政治谋杀的目的,国际上是否对斯里兰卡内战中饱受荼毒的人民给予帮助,开放式的结局暗喻着人类的良知需要无数人持续不断的努力。第二,小说体现了作家历史理性和人文关怀的结合。历史理性是作家对社会生活规律的认识和把握。人文关怀是展现作家对人类生命、价值、自由、尊严的尊重和崇尚,这是文学总的主题,追求真善美是文学的价值功能。两者在作品中既血肉相连、又是一对悖论。如果过于强调社会历史制度的必然性和进步性,就会抹杀对真善美的追求。如资产阶级登上历史舞台所进行的原始积累和殖民活动,充斥着血腥和暴力,如果抹杀了这点,就会无视大众的悲剧的一面。翁达杰抓住了斯里兰卡内战的历史政治原因,指出随着时代的发展,东西方日益融合。积极的一面是东方接受了西方先进的思想和文化,如西化了的安霓尤所体现的独立、对命运的掌握、争取自由的精神。同时,翁达杰也指出西方以各种高尚的名义对东方实施的奴役、控制和暴力。如内战的几个势力都得到西方的支持,东方人民对西方国家后殖民手段和新殖民手段的渗透心存怀疑和怨恨。翁达杰以文学这种形式描写了西方国家看不到或故意忽视的东方国家人民受到的各种暴力,体现了作家悲悯、忧虑、向善的人文关怀。

作者简介:

刘天玮,内蒙古工业大学外国语学院讲师,研究方向为西方文论和西方文学。

参考文献:

[1]曾艳兵主编.西方现代主义文学概论(第二版)[M].北京:北京大学出版社,2012,321.

[2].[7][法]让·保尔·萨特著;沈志明等译;艾珉选编.萨特读本[M].北京:人民文学出版社,2012,6.

[3]Flynn,T.R.著,莫伟民译.存在主义简论[M].北京:外语教学与研究出版社,2008,172.

[4].[5].[6].[8][加]迈克尔·翁达杰著,陈建铭译.菩萨凝视的岛屿[M].长沙:湖南文艺出版社,2004,69.211.108.93.

[9].胡经之 王岳川 李衍柱 主编.西方文艺理论名著教程·上卷[M].北京:北京大学出版社,2003,57.

石黑一雄早期小说中的叙事性

张海燕(导师:王晓利)

摘要

石黑一雄是当代最著名的日裔英国小说家之一,他展示了作品中主人公怀旧和回忆的情怀。他的早期小说,即《浮世画家》和《远山淡影》就是这样的典范。国内外文学界对石黑一雄早期小说的研究主要是从文化、文化间性、新历史主义和后殖民主义角度来进行解读;但很少有学者从叙事学角度对其小说的叙事性进行系统的探讨。因此本论文运用热奈特的叙事学理论探究石黑一雄早期小说中的叙事性,并且探讨叙事性对主人公悦子和小野增二在人物性格的塑造和他们复杂矛盾的内心世界的作用及主人公悦子和小野增二折射出对日本的怀旧情怀从而更深层次地理解石黑一雄早期作品。

本论文共分为七个章节。第一章概述了石黑一雄的生平及其早期的两部文学作品,即《浮世画家》和《远山淡影》。第二章为文献综述部分,概述国内外学术界对石黑一雄及其早期小说的研究。研究发现,很少有学者对石黑一雄早期小说中独特的叙事性进行系统的探讨。第三章为理论框架部分,提出本论文以热内特的叙事学理论作为理论框架。以下三章从叙事学理论角度系统地对石黑一雄早期小说进行详细阐述。主要从叙述者叙述时间和叙述话语三个维度来阐释石黑一雄早期小说中的叙事性。第四章从叙述者的角度出发探讨石黑一雄小说创作的叙事模式从叙事模式层面更好地认识石黑雄早期小说中的叙事学特性。主要是从同叙述者和异叙述者、内叙述者和外叙述者两个维度来进行阐释。第五章从叙事时间的角度出发探讨石黑一雄小说中影响叙事模式的内部组织形式,从组织结构层面更好地理解石黑一雄早期小说中的叙事学特性。主要是从叙述时序、叙述时距和叙述频率,三个维度来进行阐释。第六章从叙事话语模式的角度出发探讨石黑一雄早期小说中影响叙事模式的语言表达方式从语言表达层面更好地阐释石黑一雄小说中的叙事学特性。主要是从直接引语和自由直接引语、间接引语和自由间接引语两个维度来进行阐释。

通过以上章节的分析,结论部分总结了石黑一雄早期小说中的叙事性并且给以充分肯定。对叙事模式的选择对内部组织结构的规划及对语言表达方式的运用都表现出石黑一雄独特的叙事性及其艺术成就。对往昔岁月的追忆和回忆都折射出石黑一雄独特的创作意图和艺术主张,向读者们展现了一个深邃而迷人的回忆世界。

关键词:石黑一雄;《远山淡影》;《浮世画家》;叙事学;叙事性

《别让我走》中的创伤解读

刘爽(导师:王晓利)

摘要

石黑一雄是当代杰出的日裔英籍作家。他的作品频频获奖,引起了评论界的广泛关注。他的很多作品都蕴含着创伤元素,表现了他对弱势群体的高度关注,《别让我走》就是其中一部典型作品。从对这部作品的研究现状来看,国内外学者主要从文类研究、精神分析法、叙事学和文学伦理学等多个视角对此作品进行研究,对创伤方面的分析还不多见,因此本文将从心理创伤角度来解读小说中克隆人和监护人的悲剧。

本文以创伤理论作为理论基础,主要从个体创伤、集体创伤、创伤产生的原因及治疗这几个方面,对这部作品进行创伤性解读。文章首先分析了叙事者凯茜的创伤,从她所回忆和正面临的创伤事件中体会创伤事件对人物个体造成的影响。其次,探讨了克隆人和监护人这两个群体在创伤事件中所体现的集体创伤。经研究发现,创伤产生的原因主要体现在不合理地利用科学技术和社会权力机制存在不足这两个方面。结合人物自身的情况,人物可以采用个人叙述和集体自我调整的方式治疗创伤。然而,由于自身的局限性和当时社会环境的制约,克隆人和监护人的创伤未能完全治愈,需要继续治疗。

通过以上分析,论文最后得出结论:石黑一雄的作品《别让我走》不仅为广大读者提供了一个有关克隆人的悲惨故事,还通过对创伤症状、创伤原因及治疗过程的描写为读者完整呈现出小说人物的心理创伤。克隆人和监护人的创伤未能完全治愈,这不仅是石黑一雄一直努力但仍未解决的问题,而且也是人类未能解决的问题。随着科技的快速发展,人类变得愈加麻木冷漠,石黑一雄试图借助这部作品,来引起社会对创伤人群的关注,激发公众对弱势群体的同情。

关键词:石黑一雄;《别让我走》;个体创伤;集体创伤

朱丽·大冢小说中离散群体的探究

王佳(导师:王晓利)

摘要

随着全球化进程的发展,世界范围内人与文化的流动形成了一种独特的离散(diaspora)现象。近年来,这种现象越来越受到专家学者的关注,逐渐进入社会科学的范畴,并衍生出离散理论和离散写作。但无论是离散理论还是离散写作都是基于对离散群体的研究而产生的。对离散群体的描写使族裔文学成为身份未定者的文学,是对归属感和身份的追求和问询,身份认同也成为研究族裔文学中离散群体的主题之一。

依据离散理论中的文化身份认同理论和离散群体的标准,研究朱丽·大冢的两部小说——《阁楼上的佛像》和《皇帝曾为天神时》中的离散群体,可以更好地理解作者的创作意图与作品的人文情怀。文章主体部分先详细阐述了离散的相关概念。然后结合当时的历史背景叙述造成离散的原因,梳理两部小说中日本人离散的过程,并从文本入手具体分析小说中日本离散群体的特征。最后,描述了离散群体在离散过程中遇到的困境与文化差异所产生的困惑,进而探寻他们努力完成新认同的艰难历程。通过研究朱丽·大冢作品中离散群体的离散及其完成认同的过程,可以更好地理解离散群体在离散过程中的焦虑情绪与内心的挣扎,从而揭露离散群体受到暴政的压迫,在社会中处于弱势地位。同时强调了强势文化对于弱势文化的侵袭作用,提醒人们正视历史。

关键词:朱丽·大冢;《阁楼上的佛像》;《皇帝曾为天神时》;离散;文化身份认同

《上海孤儿》的创伤解读

刘昌蕊(导师:王晓利)

摘要

英籍日裔作家石黑一雄在英国乃至全世界都享有盛誉,他一踏入文坛便取得了令人瞩目的成功。由于其日裔身份,许多批评家对其作品多半从后殖民主义理论及文化批评理论解读。然而通过对其作品的阅读,不难发现在石黑一雄的作品中大部分人物或多或少都会携带创伤元素。因此,本论文以石黑一雄的长篇小说《上海孤儿》为分析范本,结合创伤后应激性障碍医学创伤理论对该小说中的创伤元素进行细读。通过对作家和作品的分析,本论文认为《上海孤儿》中主人公克里斯托弗·班克斯的创伤形象最为典型,也最能揭示该小说的创伤主题。

本论文一共分为六个章节。第一章概述了石黑一雄的生平及其文学作品。第二章为文献综述部分,概述国内外学术界对石黑一雄及其小说的研究及其方向。第三章为理论框架部分,提出本论文以创伤后应激性障碍理论为主要理论框架,对作品中的人物创伤形象进行分析。第四章和第五章为论文主体部分。论文主体包括:探讨班克斯创伤形成的原因。主要从个人原因,家庭原因和社会原因三个层面进行分析。之后展现小说主人公班克斯创伤形成的具体体现。最后论文探索了主人公班克斯治愈创伤的方法。班克斯通过三个恢复阶段,最终成功从创伤中恢复:重建安全的环境、自我叙述与哀悼、重建与他人的关系。

论文的结论部分指出,通过作品《上海孤儿》,石黑一雄不仅为广大读者提供了一个孤儿寻亲的感人故事,还通过对创伤的成因,症状及治疗过程的描写为读者完整呈现出小说人物的心理创伤。最终,在了解真相之后,班克斯坦然接受了自己是孤儿的事实及他的双重文化身份,小说中班克斯的创伤得以治愈。这不仅是石黑雄面对创伤人群一直在努力并渴望解决的问题,也是人类社会所期待的对于创伤人群治疗的最佳结果。石黑一雄试图借助这部作品来唤起社会对创伤人群的关注,激发公众对弱势群体的同情,并表达了他对创伤人群能够从创伤中修复的美好愿望和积极鼓励。

关键词:石黑一雄;《上海孤儿》;创伤后应激性障碍;创伤治愈

不可靠叙述视角下《浮世画家》的反讽意义

王佳敏(导师:王晓利)

摘要

新近诺贝尔文学奖得主石黑一雄是现当代著名的日裔英籍小说家,他的作品屡次获奖,每一部作品的面世都会引起全球广泛关注。《浮世画家》是一部以主人公第一人称自述、讲述回忆的方式建构而成的小说,直接表现了人物的内心感受和意识过程。从对该作品的研究现状来看,国内外学者主要是从人物所处的时代、地域、身份地位对人物身份构建的影响、主人公的"自我欺骗"的行为、意识流手法的运用、选择性叙事以及叙事中鲜明的对照手法的运用来展开研究,但还未找到从"不可靠叙述"的角度来做阐释的,因此本文将从不可靠叙述的理论视角来分析解读小说中主人公小野增二的伪善。

本文根据不可靠叙述的表现手法,从小说中叙述者在故事事实上对自身名望地位的"错误报道"和"不充分报道"、在价值判断上对军国主义政治宣传的"错误判断"和"不充分判断"、还有知识感知上对他人内心情感的"错误解读"和"不充分解读"入手,对该小说如何体现不可靠叙述进行研究,并在此基础上揭示小说所要表达的反讽意义,即主人公并非自我陈述中那个德高望重、万人敬仰的画家,而是一个选择逃避历史、推卸责任、思想狭隘、趋乐避苦的虚伪懦夫,进而说明作者对军国主义帮凶的嘲讽鄙夷之情。文章认为石黑一雄的小说《浮世画家》刻画了一位内心饱受回忆折磨的日本军国主义分子的形象,为了消除和减轻负罪感,而选择以避重就轻、前后矛盾的叙述为自己开脱。借助该部作品,石黑一雄试图揭露二战后日本人民的心理状态和变化,说明勇于直面历史、直面过错方为摆脱内心煎熬、获得内心救赎的良方。

关键词:《浮世画家》;不可靠叙述;反讽

《被掩埋的巨人》中的集体记忆
和身份认同

尹丹丹(导师:王晓利)

摘要

　　2017 年诺贝尔文学奖得主石黑一雄是一位日裔英籍作家,已经出版了七部长篇小说和一部短篇小说集,被广大读者所喜爱。自第一部小说发表后,石黑一雄在作品中反复提及记忆主题,这引起了评论界的广泛关注,他最新完成的作品《被掩埋的巨人》就是其中一部典型作品。纵观国内外对石黑一雄及其作品的研究,大部分学者在研究中将"记忆"作为一种叙事手段或创伤解读的一个方面,很少有专门针对其"集体记忆"主题的研究成果呈现。因此,本论文将从集体记忆的角度对《被掩埋的巨人》进行解读,并说明在这部小说中,集体记忆如何帮助文中人物重新构建身份认同。

　　本文以法国社会学家莫里斯·哈布瓦赫的集体记忆理论为理论基础,同时,部分学者认为,个人的身份认同很大程度上依赖于集体记忆。本文首先说明在从属于不同的社会框架时,个人拥有不同的集体记忆,然后分析现在中心观在记忆重现过程中起到的作用,最后探讨在不同的社会框架下,个人是如何在集体记忆的帮助下重建自己的身份认同的。本文主要分析家庭的集体记忆,种族的集体记忆,和国家的集体记忆。

　　通过以上分析,论文最后得出结论:在《被掩埋的巨人》中,个人通过把自己置身于不同的社会框架来进行回忆,并且借助于这些回忆来重建自己的身份认同,更好的认识过去、现在和未来。

　　关键词:石黑一雄;《被掩埋的巨人》;集体记忆;身份认同

石黑一雄《长日留痕》中的创伤主题研究

罗明月(导师:王晓利)

摘要

  石黑一雄是当代著名的日裔英籍作家,于 2017 年获得诺贝尔文学奖,他的作品在创作伊始就引起了学术界的广泛关注。石黑一雄的许多作品中都存在着创伤元素,1988 年发表的《长日留痕》就是其中一部典型的作品。对于《长日留痕》的研究,国内外学者主要集中在叙事学、后殖民理论、新历史主义和记忆重塑等方面,较少有从创伤角度分析的文章,因此本文将在收集大量文献、对小说进行文本细读的基础上,从创伤角度出发解读主人公史蒂文斯的创伤悲剧。

  本文以创伤理论为理论基础,主要从史蒂文斯的创伤经历、创伤症候以及创伤治愈这三个方面对这部作品进行创伤性解读。文章首先从他曾引以为傲的事业,形同陌路的父子关系以及追悔莫及的爱情三个方面分析史蒂文斯的创伤经历。其次,探讨史蒂文斯的创伤症候,他的创伤症候主要有两点,第一点表现为创伤记忆的再体现,第二点表现为对创伤事件的回避。再次,分析史蒂文斯的创伤治愈。史蒂文斯的创伤恢复是一个复杂的过程,根据朱迪赫曼的理论,创伤治愈共分为三个阶段,在这三个阶段后,史蒂文斯的创伤有了明显的治愈。

  通过以上分析,论文最后得出结论:石黑一雄的作品《长日留痕》通过对男管家史蒂文斯的创伤经历以及创伤症候的描写,完整地向读者呈现了一位带有创伤经历的人物形象。随着人类文明的进步,人们面临的创伤问题越来越多,但是史蒂文斯创伤的治愈,是石黑一雄带给人们的希望。尽管创伤的发生是无法抵抗的,但是我们要心存建立创伤疗救的希望。

  关键词:石黑一雄;《长日留痕》;创伤

从多元文化主义看山本久枝小说中的少数族裔交流

赵玉鹏(导师:王晓利)

摘要

　　山本久枝是第二代日裔美籍作家,也是第一位在二战后获得国际盛誉的日裔作家,其代表作是短篇小说集《十七音节及其他故事》。山本的写作生涯开始于战前,战时她被关进集中营,战后被"重新安置"在美国东部。山本久枝的许多短篇小说均以描写日裔家庭的生活为主,他们经受种族和阶级的双重压迫,在美国艰难的生活。她在《十七音节及其他故事》中经常写到日本移民与其他移民之间的交流、互动与评价,表达出各少数族裔之间的文化差异与偏见。山本用隐晦简短的文字描述出少数族裔虽然生活在美国,却很少与美国白人交流,他们的生活圈仅局限于本族裔社区以及其他少数族裔之间的交往,从而表达出少数族裔作为外来者,不被美国主流社会所接纳的事实。山本久枝以女性特有的含蓄通过文字表达出自己对少数族裔的同情。同时也在质疑,美国这个自称为大熔炉的国家,是否真地能够接受外来文化,真正实现多元文化共同发展。

　　本论文从多元文化主义角度出发,分析山本久枝的代表作《十七音节及其他故事》,旨在揭示她小说中的多元文化思想。多元文化主义向美国主流文化发起挑战,要求尊重各少数族裔传统文化,给与少数族裔人群各种平等权利,不分种族、信仰、民族和性别,真正实现人人平等。在短篇小说《威尔特郡公交车》、《查理的拉斯维加斯生活》《颂歌》以及《油田里的生活,一个回忆》中,白人对中国人、日本人等少数族裔的嘲讽和歧视,以及他们居高临下的恐吓,作为旁观者的其他少数族裔或是无动于衷,亦或是事后迟来的安慰,不敢反抗,默默承受种族压力。他们都是美国主流文化的边缘人物。在《十七音节及其他故事》《米子的地震》《与爱斯基摩人的通信》等小说中,山本久枝重点描写了少数族裔之间的交流,即使他们拥有不同的文化背景,但是他们互相积极交往,彼此产生了友情、爱情、亲情等人类最亲密的感情,这是民族之间互相接纳,走向大融合的美好局面。同时,也是山本作品中多元文化交流最好的诠释。通过文化交流,各少数族裔之间互相理解,并尊重各自的文化差异;同时,向主流文化吁求尊重少数族裔的文化差异和独特的文化身份,承认其文化的多元性和平等性。

关键词:多元文化主义;少数族裔;交流;山本久枝

从创伤视角解读石黑一雄的
《上海孤儿》

张泽童(导师：王晓利)

摘要

石黑一雄是一位蜚声国际的日裔英籍作家。《上海孤儿》是其创作的第五部作品，通过对主人公克里斯托弗·班克斯的移民身份与人生经历，揭露个人心理创伤的同时也使读者正视创伤。主要讲述班克斯围绕其父母失踪案件展开调查，并在过程中插入他的回忆。通过碎片式的记忆模式，作者将众多人物串联起来，巧妙地把个人经历与创伤融合到一起。通过创伤叙事使人了解移民经历、移民身份构建的历程。《上海孤儿》既是一部反应移民生活经历和心路历程的小说，也是一部反应创伤与创伤复原的小说。

本论文通过对小说中班克斯受到的创伤进行归纳总结，分析他遭受的多方面创伤。以创伤理论为基础，结合创伤后应激障碍的判断标准，通过创伤碎片化角度，意在全面、细致地分析小说主人公创伤的起因、创伤的表征和创伤的复原。本文首先总结创伤症状与特征，明确创伤症状的意义和影响。其次分析小说中创伤主体心理创伤产生的原因并分析了创伤的表征。父母的缺失所造成的家庭创伤，创伤性事件一直折磨着他，使他不能正常面对生活。他在经历了家庭创伤的痛苦折磨之后，表现出记忆的碎化。在记忆碎片中，过去和现在交织在一起，无法直面真实的世界，导致他在经历创伤事件之后出现精神混乱的症状。最后探讨他的创伤复原，创伤复原是一个漫长的过程，通过重访创伤性事件，创伤主体最终依旧没能成功治愈自己。

通过以上分析，论文最后得出结论：《上海孤儿》为广大读者提供了班克斯的寻亲之旅和其身份的重构过程，揭示出创伤主体的创伤症状与其无法自愈的心路历程，为读者完整呈现出小说人物的心理创伤。

关键词：石黑一雄；《上海孤儿》；创伤；碎片

托尼·莫里森《爵士乐》中的创伤解读

赵倩(导师:冯洁)

摘要

现如今,黑人文学在美国文坛举足轻重,成为学者研究的趋势。托尼·莫里森是最负盛誉的美国黑人女作家之一,于1993年赢得诺贝尔文学奖。作为唯一赢得此奖的黑人女作家,她备受世界学者的青睐。莫里森以对美国黑人生活的敏锐观察而闻名。她的作品《爵士乐》《爱》和《天堂》被合称为黑人历史三部曲。莫里森几乎所有的作品中都包含着创伤元素,这也展现了她对弱势群体的极大关注。在其所有作品中,相较于其他著作,第六部作品《爵士乐》以独特的文本结构和故事揭示黑人群体所受创伤而与众不同。国内外的学者以及评论家已从不同的角度,比如女性形象的塑造,悲剧美学思想,身份构建,音乐美等方面对《爵士乐》做了解读,但是鲜有人运用创伤理论研究《爵士乐》。本论文将从创伤的角度分析《爵士乐》。

创伤是莫里森关注的一个永久性话题,透过文本中展现创伤的症状,分析其成因,并深入探究文本中表现的创伤治愈的有效方法是本论文的写作目的。基于创伤理论,本文试图从三方面分析黑人群体所受创伤。首先,历史原因——奴隶制体系及种族歧视;其次,社会环境——大暴乱和黑人社区;最后,家庭原因——缺少父母之爱。

通过以上分析得出结论:《爵士乐》不仅讲述了一个悲惨的爱情故事,同时也展现了作者的潜在意图:把边缘化的声音带入公众视野,激起大众对弱势群体的关注,探寻创伤治愈的良方。

关键词:托尼·莫里森;创伤;黑人;创伤复原

《宠儿》的空间叙事研究

陈海楠（导师：冯洁）

摘要

托妮·莫里森是当代美国杰出的非裔女作家和批评家之一。她的作品深深地根植于黑人文化之中，始终以表现和探索黑人的历史、命运和精神世界为主题。在莫里森的作品中，一些文学评论家认为《宠儿》是她最优秀的作品之一，该书于1988年获得普利策图书奖。《宠儿》真实再现了美国19世纪70年代的黑奴们在奴隶制下遭受的非人虐待，深刻地揭露了黑奴们在精神上受到的迫害与摧残。该小说独特的叙事技巧激发了众多学者的浓厚兴趣，海内外的文学评论家对此做了多方面的研究，研究的角度也由单一向多样化转变。

近年来，受到"空间转向"的影响，已有部分批评文章关注到其作品中的空间叙事手法，然而从空间叙事的角度对《宠儿》进行的系统研究还比较鲜见。本文以托妮·莫里森的小说《宠儿》为对象，运用亨利·列斐伏尔的空间叙事理论，从心理空间和社会空间两个方面分析《宠儿》中的空间叙事艺术。首先，从心理空间角度研究黑人在扭曲的文化氛围中经历家庭的丧失以及社区分裂又走向联合的过程；其次，从社会空间角度剖析黑人在白人社会中逃离被奴役被压迫的境地进而落入资本主义陷阱之中的社会现实所隐含的内在意义。

通过以上分析得出结论：黑人同胞必须直面悲惨的过去、走出痛苦回忆，并且团结整个黑人社区。只有这样，他们才能走出阴霾，重获新生。

本文通过空间叙事角度重读《宠儿》，不仅使读者对该小说有更深入的理解，而且为欣赏该小说提供了新的视角。同时，从空间叙事进行分析不仅意在向读者呈现种族问题，而且能够使读者有效地理解和深化对种族现实的理解，从而探索出更有效的解决种族问题的途径。

关键词：《宠儿》；空间叙事；心理空间；社会空间

存在主义女性主义视角下《赫索格》女性人物研究

白烨(导师:王智音)

摘要

索尔·贝娄(1915－2005)作为犹太裔美国作家在二十世纪后期名扬文学论坛,被称为"美国当代文学发言人"。小说《赫索格》讲述了赫索格与玛德琳婚姻破碎后的一系列的行为表现、感情输出。国内外学者对《赫索格》的研究集中在犹太性、主题分析、人物分析、存在主义、女性主义,以及叙事手法上,二十世纪至今《赫索格》的研究逐渐多元化,但是鲜有以存在主义女性主义为理论基础的研究。

本论文旨在通过西蒙娜·德·波伏娃的存在主义女性主义,详细分析《赫索格》中四位与主人公关系密切的女性人物,在"自由选择"基础上,对女性生活、职业、经济、文化、情感自由问题的深刻探索。从全新视角审视、探索《赫索格》作品中的女性问题。

关键词:赫索格;存在主义女性主义;困境;自由选择